あかね淫法帖
姫様お目見得

睦月影郎

コスミック・時代文庫

この作品はコスミック文庫のために書下ろされました。

目次

第一章　幸運を招く筆下ろし

一

「エエイ、邪魔だ！　ウロウロするな！」

いつものように怒鳴りつけられ、三友虎太郎《みともこたろう》は洗濯物の入った盥《たらい》を抱え、恐縮しながら井戸端《ばた》へと走った。

若侍たちは、庭で剣術の稽古《けいこ》に余念がない。

何しろ久々に剣術指南の女丈夫《じょじょうふ》、風見奈緒《かざみなお》が稽古をつけてくれるというので皆張り切っているようだ。

虎太郎は井戸端から振り返り、颯爽《さっそう》たる長身の奈緒を見た。

国家老の娘である奈緒は二十五歳、長い黒髪を頭の後ろで引っ詰め、常に男装で領内を闊歩《かっぽ》し、婿《むこ》も取らず剣一筋に生きていた。

そう、奈緒こそ虎太郎の憧《あこが》れの女性であり、夜毎に彼女の面影で手すさびをしていたのである。

虎太郎は、その名に似ず小柄で非力、剣術は不得意、というより雑用が多くて稽古にも加えてもらっていない。

仮に稽古に出たところで、奈緒など相手にしてくれず、年中彼を怒鳴っている二番手の山淵一馬《やまぶちかずま》に苛《いじ》められるだけだろう。

まあ炊事洗濯に掃除などで忙しく、それだけでも毎日疲れ切ってしまうのだから虎太郎は稽古などしたくないし、こうして遠くから奈緒を眺めるだけで良いのだった。

ここは常陸国《ひたちのくに》、筑波山《つくばさん》の麓《ふもと》にある田代藩《たしろはん》、一万石で城はなく陣屋敷だ。

虎太郎は幼い頃に母親を亡くし、昨年父を見送った天涯孤独《てんがいこどく》の身である。

下男のような暮らしだが、一応は藩士の端《はし》くれだった。

しかし父にも役職はなかったし、もちろん家もあったが今年の五月雨《さみだれ》による土砂崩れで崩壊。

二親の位牌《いはい》も家財も何もかも埋もれてしまい、そのとき虎太郎は陣屋敷にいたから着の身着のままが全財産だ。

陣屋敷を囲う侍長屋にも入れてもらえず、庭の片隅にある納屋《なや》が虎太郎の住まいである。

それでも雨風がしのげ、三度の飯にありつけるだけでも有難いし、納屋の暮らしもなかなか風流なものだと思うようにしていた。

しかし風流を解するには早く、まだ虎太郎は二十歳。

楽しみは寝しなの手すさびだけで、どんなに疲れていても続けて二度三度と射精しなければ落ち着かないほど淫気は強かった。

こんなことで、いつか嫁が持てるのだろうかと、虎太郎の先々への不安は尽きない。

元禄《げんろく》十三年（一七〇〇）秋、関《せき》ヶ原《はら》の合戦からちょうど百年である。

「ま、参りました……」

「次！」

若侍たちが容赦《ようしゃ》なく奈緒の袋竹刀《ふくろしない》で叩きのめされ、彼女は凛《りん》とした眼差《まなざ》しで次の相手に言った。

濃い眉と切れ長の目が吊り上がり、最小限の動きで攻撃を躱《かわ》し、鋭い打突《だとつ》を行っている。それは舞うように優雅な動きであった。

袋竹刀は、布にササラの竹を仕込んだ得物《えもの》で、当然ながら防具などはない。若侍たちの攻撃は奈緒にかすりもせず、逆に面や小手、胴を激しく打たれて地に転がされていた。

（なんて美しい……）

虎太郎は見惚《みと》れていたが、水を汲《く》む音で我に返った。

見ると下女の茜《あかね》が盥に水を張り、洗濯をはじめていた。

「あ、いいよ。私の仕事なので」

「いいえ、手が空きましたから」

十八になるという茜は、やはり近在の農家の娘だったが家を失い、今は屋敷に住み込んで働いていた。

下ぶくれの頬が赤く、いつも俯《うつむ》き加減で言葉少なで、若いがどう見ても不器量の部類だった。若侍たちも相手にせず、宴《うたげ》の酌《しゃく》にすら呼ばず、たまに怒鳴って用を言いつけるだけだった。

それでも茜は実に働き者で、黙々と手際よく炊事や洗濯をこなしていた。

実は虎太郎は、この茜の面影でも手すさびをしていたのだ。遠い奈緒より、最も身近にいて共に働く彼女に惹《ひ》かれるものを感じていたのである。

「全く お前らは似合いだな。早く所帯を持ったらどうだ」

一緒に働いていると、よく一馬がそう言ってからかったものだ。

虎太郎も、確かに自分には武家の娘など一緒になってくれないだろうと思っていたし、ともに身寄りもなく、働き者の茜なら願ってもないという気持ちにもなっていたのである。

いや、あるいは有り余る淫気で、最も身近な茜でもよいから抱いてみたいという気持ちがあるのかも知れないが、それは彼女に失礼だとも思っていた。

虎太郎は屈《かが》み込み、茜と一緒に洗濯をした。

ほとんどが、若侍たちの汚れ物である。

奈緒の腰巻なども洗ってみたいが、さすがに彼女は虎太郎に任せるようなことはしなかった。

「辛《つら》くはないか」

虎太郎は、茜から漂う甘ったるい汗の匂いを感じながら囁《ささや》いた。

「いいえ。働くのは好きですし、有難いと思っています」

茜は手を休めずに答えた。

（女の体とは、どのようになっているのだろう……）

しまった。

虎太郎は、甘い匂いに酔いしれながら思うと、痛いほど股間が突っ張ってきて

江戸から戻ってきた藩士が春本《しゅんぽん》を持ってきたのでそれを見せてもらい、陰戸《ほと》がどのようになっているか朧《おぼろ》げながら知ってはいるのだが、やはり生身を見てみたかったのだ。

やがて庭稽古も済んだようだ。最後に二番手の一馬が打ちのめされ、

「そのような腕で姫の警護が務まるか！」

奈緒は一馬を叱咤《しった》すると、そのまま屋敷に入ってしまった。

そう、近日中に側室の娘である、十八歳の千代姫《ちよひめ》が江戸へ発つのである。

江戸屋敷の正室には子がなく、千代が江戸へ行って、どこぞの大名か旗本との縁組みをするのだろう。

虎太郎は、千代も遠目にしか見たことはないが、気品と優美に満ち溢《あふ》れた雲の上の女である。

「おい、これも洗っておけ！」

一馬が汗ばんだ刺し子の稽古着を脱いで盥に投げ、他の若侍たちも同じようにすると、得物を抱えて侍長屋の方へ立ち去っていった。

この井戸端は厨《くりや》の裏にあり、彼らは侍長屋の方にあるもう一つの井戸で身体を流すことになっている。

やがて虎太郎と茜は、新たに増えた洗い物をした。

途中で茜は夕餉《ゆうげ》と風呂の仕度で厨へ戻り、虎太郎は残りの洗い物を済ませて竿《さお》に並べて干した。

もう日が傾き、虎太郎も今日の仕事を終えると身体を拭いた。

そして厨の片隅で手早く夕餉を済ませると、まずは納屋へ戻った。

風呂は側室と姫、家老と奈緒、あとは若侍たちが順々に入り、当然ながら虎太郎と茜は最後になる。

それまでは納屋で休息だ。

土間には掃除に使う道具が置かれ、上がると三畳間。行燈《あんどん》に布団、僅《わず》かな着替えと大小の刀架《とうか》だけである。

仕舞い風呂まで暇なので、その間に手すさびをする。しかも今日は奈緒の顔が見られたし、茜の体臭も感じることが出来た。

虎太郎は行燈の薄明かりの中、帯を解いて寝巻に着替えた。すでに一物《いちもつ》はピンピンに屹立《きつりつ》し、快感への期待に幹が震えていた。

剣術ではなく、手すさびの回数なら誰にも負けないのだが、そんなものが強くても何もならない。

そして布団を敷いて下帯《したおび》を解き、手すさびを始めようとしたときである。

「あ……!」

いきなり戸が開いて、虎太郎は思わず声を洩らし股間を隠した。

風のように入ってきたのは、何と茜ではないか。彼女は中に入ると元のように戸を閉め、草履《ぞうり》を脱いで上がり込んで来た。

「な、何か……」

彼は狼狽《うろた》えながら、懸命に裾《すそ》で股間を隠して言った。

「お邪魔致します。実はお情けを頂きたく」

「え……?」

茜の言葉に、虎太郎は何を言われたかすぐには理解できなかった。

「間もなく虎太郎様は江戸へ行くでしょうから、その前に是非ここで、私の初物をもらってほしいのです」

「そ、そんな、私は警護役になど選ばれないよ……」

彼は混乱しながら、首を横に振って答えた。

「いいえ、選ばれます。どうかお願いします。分け隔てなく接して下さったのは虎太郎様だけですし、私も初めての方は貴方《あなた》と決めておりました」

言われて、ようやく彼も茜が切に情交を求めていることが分かって、萎《な》えかけた一物がまたムクムクと回復してきた。

「私の本当の顔をお見せ致します」

茜はそう言うなり、手拭《てぬぐ》いを出して口から何かを吐き出し、顔を拭き清めた。

そして顔を上げると、不器量などとんでもない、何と別人のように整った可憐《かれん》な娘の素顔がそこに現れたのである。

二

「あ……、茜。それがお前の顔なのか……」

虎太郎は、見目麗《みめうるわ》しい茜の素顔に見惚れ、声を震わせて言った。

今までの下ぶくれの顔は、含み綿をしていたのだろう。それを吐き出すと凛然《りんぜん》とした小顔で、顔を拭くと赤みも取れて色白になり、目鼻立ちも愛くるしい顔になっていた。

「ご家来衆の間に、要らぬ悶着《もんちゃく》が起きるのを防ぐよう、母の言いつけで」

「なぜ顔を……？」

「は、母御がいるのか、身寄りはないと思っていたが……」

「姫様の乳母《うば》、朱里《しゆり》が私の母です」

言われて虎太郎は目を丸くした。

確かに、陣屋敷の奥向きに、まだ四十前の美女が奥女中として仕えていた。どうやら、彼の知らぬ事情があるようだ。

「では、お情けを頂けますね」

「あ、ああ……。むろん私は、元の顔の茜が好きだったから」

「ええ、虎太郎様ならそう仰《おつしや》ると思っていました。でも初めての時は、本当の顔に戻ってして頂きたいのです」

言うなり茜は帯を解き、手早く全裸になると布団に仰向けになってしまった。

息づく乳房は白く形良く、乳首も乳輪も初々《ういうい》しい桜色をしていた。

股間の翳《かげ》りは淡く、今まで着物の内に籠もっていた熱気が、甘い匂いを含んで狭い納屋の中に立ち籠めはじめた。

「さあ、虎太郎様も脱いで、どのようにでもご存分に……」

茜が神妙に身を投げ出し、目を閉じて言った。

（こ、これは夢じゃないだろうか……）

虎太郎は息を震わせて思い、彼女の肢体を見つめながら震える指で脱ぎはじめていった。

着物を脱いで乱れた下帯を取り去り、全裸になって彼女ににじり寄った。

どのようにでもと言われているのだし、茜も望んでいるようなので、遠慮したりためらうなど勿体《もったい》ない。

ましてたった今、茜を思って手すさびしようとしていたのだからと、虎太郎は彼女に屈み込んでいった。

恐る恐る乳首を含み、舌で転がしながら顔中を膨《ふく》らみに押しつけると、甘い匂いに混じり、柔らかな張りと感触が伝わってきた。

「ああ……」

茜が微《かす》かに喘《あえ》ぎ、クネクネと悶《もだ》えはじめた。虎太郎は充分に舐めてから、もう片方の乳首を含んで舌を這わせ、初めて女に触れた興奮と感激を味わった。

両の乳首を味わうと、彼は女の匂いに誘われるように、茜の腕を差し上げて腋《わき》の下にも鼻を埋《うず》め込んでいった。

生ぬるく湿った和毛《にこげ》には、濃厚に甘ったるい汗の匂いが籠もり、悩ましく鼻腔《びこう》を刺激してきた。

胸いっぱいに嗅《か》ぎながら舌を這わせると、

「あう……」

茜が声を洩らし、くすぐったそうに身をよじらせた。

虎太郎は堪能してから、滑《なめ》らかな肌を舌でたどっていった。

臍《へそ》を探り、腰から脚を舐め下りていくと、意外に太腿は硬い弾力があり、骨も頑丈そうな感じがした。

やはり肝心な股間は最後に取っておきたい。

せっかく好きに出来るのだから性急にならず、まずは憧れの女体を隅々まで味わい、陰戸は最後にしたかった。

足首まで舐め下りて足裏にも舌を這わせ、指の間に鼻を押しつけて嗅ぐと、そこは汗と脂《あぶら》に生ぬるく湿り、蒸《む》れた匂いが濃く沁み付いていた。胸を満たしてから爪先をしゃぶり、指の股に順々に舌を割り込ませて味わうと、

「あう、いけません……」

茜が驚いたように呻《うめ》き、ビクリと反応した。

やはり下級武士とはいえ、下女の足指を舐めるのは異常なのだろうか。それでも味わってみたいのだから仕方がない。

虎太郎は構わず足首を押さえ、両足とも全ての味と匂いを貪《むさぼ》り尽くしてしまった。そして彼女の股を開かせ、脚の内側を舐め上げ、白くムッチリした内腿をたどり、いよいよ神秘の部分へと顔を迫らせていった。

「ああ……」

大股開きにされ、股間に彼の熱い視線と息を感じたか、茜が熱く喘ぎながらも拒《こば》む様子はなかった。

初物というのだから、茜も男に見られるのは初めてなのだろう。

虎太郎は目を凝《こ》らした。

ぷっくりした丘には楚々《そそ》とした茂みが恥ずかしげに煙り、割れ目からはみ出す小ぶりの花びらはしっとりと清らかな蜜に潤《うるお》っていた。

やはり春画の陰戸より、ずっと美しかった。そっと指を当てて陰唇を左右に広げると、中も蜜汁に濡れた綺麗な桃色の柔肉。

無垢《むく》な膣口が花弁のように襞を入り組ませて息づき、ポツンとした小さな尿口の小穴も確認できた。

そして包皮の下からは、光沢のある小粒のオサネがツンと顔を覗《のぞ》かせていた。

もう堪《たま》らず、虎太郎は吸い寄せられるように顔を埋め込んでいった。

柔らかな若草に鼻を押しつけて嗅ぐと、蒸れた汗とゆばりの匂いが籠もり、悩ましく鼻腔を掻き回してきた。

(ああ、これが女の匂い……)

虎太郎は胸を満たしながら興奮に包まれ、舌を這わせていった。

陰唇の内側を舐め、膣口の襞をクチュクチュ掻き回すと、ヌメリは淡い酸味を含んで舌の動きを滑らかにさせた。

そして味わいながらゆっくり柔肉をたどり、オサネまで舐め上げていくと、

「アアッ……!」

茜がビクッと顔を仰《の》け反《ぞ》らせて熱く喘ぎ、内腿でキュッと彼の両頰を挟み付けてきた。

やはり春本に書かれていたように、オサネが最も感じるのだろう。

彼は生娘《きむすめ》の味と匂いを堪能してから、さらに茜の両脚を浮かせ、白く丸い尻に迫った。

谷間を広げると、薄桃色の可憐な蕾《つぼみ》がひっそり閉じられていた。

鼻を埋め込むと、顔中に双丘が密着して弾み、蒸れた匂いが鼻腔をくすぐってきた。

虎太郎は貪るように嗅いでから舌を這わせ、細かに収縮する襞を濡らし、ヌルッと潜り込ませて滑らかな粘膜を探った。

「あう……、堪忍《かんにん》……」

茜が、すっかり朦朧《もうろう》となって呻き、キュッキュッと肛門で舌先を締め付けてきた。彼が内部で舌を蠢《うごめ》かせると、鼻先にある割れ目からはトロトロと大量の淫水が溢れてきた。

ようやく脚を下ろし、ヌメリを舐め取りながら再びオサネに吸い付くと、

「ど、どうか、入れて下さいませ……」

茜が声を震わせてせがんできた。

虎太郎も、すっかり待ち切れないほど高まっていたので、やがて舌を引っ込めて顔を上げた。そのまま身を起こし、股間を進めてゆき、急角度にそそり立った幹に指を添え、下向きにさせて先端を濡れた割れ目に擦《こす》りつけた。

張り詰めた亀頭に潤いを与え、ぎこちなく膣口を探ると、

「もう少し下。そう、そこです……」

茜も僅かに腰を浮かせ、誘導してくれた。

そこでグイッと押しつけると、いきなり落とし穴にでも嵌《は》まり込んだように、ヌルッと亀頭が潜り込んだ。

「あう、そこ。奥まで深く……」

茜が破瓜《はか》の痛みか微かに眉をひそめて言い、彼も潤いに任せてヌルヌルッと根元まで押し込んでしまった。

狭いが潤いで滑らかに入り、彼は股間を密着させた。

中は熱いほどの温もりと潤いに満ち、肉襞の摩擦と収縮が彼を心地よく包み込んだ。

(とうとう女と一つに……)

虎太郎が感激と快感を噛み締めると、下から茜が両手を伸ばして抱き寄せてきた。彼も脚を伸ばして身を重ねていくと、胸の下で張りのある乳房が心地よく押し潰《つぶ》れて弾んだ。

「ああ……、嬉《うれ》しい……」

茜が熱く喘ぎ、しっかりと両手でしがみつきながら、キュッキュッと味わうように締め付けてきた。

虎太郎は、膣内が上下に締まることを初めて知った。つい陰唇を左右に広げるから、中も左右から締まると思ったら間違いだった。確かに一物も上下から締め付けられ、左右からの締め付けはない。

彼はまだ動かず、上からピッタリと唇を重ねていった。

ぷっくりして柔らかな唇は弾力があり、唾液の湿り気が感じられた。虎太郎は茜の熱い鼻息で鼻腔を湿らせながら、そろそろと舌を挿《さ》し入れていった。

三

「ク……、ンン……」

茜が熱く鼻を鳴らし、虎太郎の舌を受け入れた。彼は茜の滑らかな歯並びを舐め、さらに奥へ侵入して舌をからめた。

彼女もチロチロと舌を蠢かせてくれ、虎太郎は生温かな唾液に濡れ、滑らかに蠢く感触に酔いしれた。

やがて茜がズンズンと小刻みに股間を突き上げはじめたので、彼も合わせて腰を突き動かしはじめた。

「ああ……、すごい……」

茜が口を離し、彼の背にしっかり両手を回しながら言った。

初回は痛いと聞いているが、彼女はそれほどでもなく、むしろ心地よさそうに息を弾ませている。

そして彼も気遣《きづか》いすら忘れ、いったん動きはじめるとあまりの心地よさに腰が止まらなくなってしまった。

摩擦と締め付け、潤いと温もりの他に、彼女の喘ぐ口から吐き出される湿り気を帯びた熱い息が、野山の果実のように何とも甘酸っぱい芳香で、悩ましく鼻腔が刺激された。

嗅ぐたびに甘美な悦《よろこ》びが胸を満たし、長く味わいたかったのに、もういくらも我慢できずに彼は昇り詰めてしまった。

「い、いく……！」

全身を貫く絶頂の快感に口走り、熱い大量の精汁をドクンドクンと勢いよくほとばしらせた。

「あ、熱いわ……。アアーッ……！」

すると噴出を感じた途端、茜も声を上ずらせてガクガクと腰を跳ね上げた。

まさか、初回から気を遣《や》ったのだろうかと思ったが、虎太郎は激しすぎる快感に我を忘れ、股間をぶつけるように激しく動きながら、心置きなく最後の一滴まで出し尽くしてしまった。

やはり一人の手すさびとは快感の度合いが違う。

男女が一つになり、ともに快感を分かち合うのは、何と素晴らしいものだろうと実感した。

「ああ……」

虎太郎は喘ぎ、すっかり満足しながら徐々に動きを弱めると力を抜いて彼女にもたれかかっていった。

「アア……、すごかった……」

茜も声を洩らし、何度かヒクヒクと痙攣《けいれん》していたが、やがて肌の硬直を解いてグッタリと四肢を投げ出していった。

まだ膣内がキュッキュッと締まり、刺激されるたび過敏になった幹がヒクヒクと中で跳ね上がった。

「あう、もう暴れないで……」

茜も敏感になっているように呻き、きつく締め付けて幹の震えを抑えた。

虎太郎はのしかかったまま、完全に動きを止め、茜の熱くかぐわしい吐息を間近に嗅ぎながら、うっとりと快感の余韻に浸り込んでいった。

あまり長く乗っているのも悪いので、やがて呼吸を整えると、彼はそろそろと股間を引き離して身を起こした。

そして生娘でなくなったばかりの陰戸を覗き込んでみたが、特に出血は認められなかった。

ゴロリと茜に添い寝すると、入れ替わりに茜が身を起こし、脱いだ着物から懐紙《かいし》を出して手早く陰戸を拭った。

そのまま彼の股間に屈み込むと、まだ淫水と精汁にまみれた亀頭をパクッとくわえ、舌で綺麗にしてくれたのである。

「あう……」

虎太郎は、驚きと唐突な快感に呻いた。

もう過敏な状態は脱していたので、舌の刺激で一物は、彼女の口の中でムクムクと激しく回復していった。

元より一晩に二度も三度も射精できるのだし、今は何しろ美しく可憐な茜がいるのだ。

「すごい、もうこんなに……」

茜が喉につかえそうになり、口を離して言った。

「もう一回出さないと落ち着かないようですね」

「あ、ああ……」

「でも私はもう充分なので、私のお口でよければ出して下さいませ」

「え……」

言われて、虎太郎は目を丸くした。こんな可憐な娘の口を汚《けが》して良いものだろうか。春本にも、口でしてもらうなど大店《おおだな》の隠居が大枚をはたかないと遊女はしてくれないと書かれていた。

しかし茜はためらいなく虎太郎を大股開きにさせると、自分がされたように彼の両脚を浮かせ、尻の谷間に舌を這わせはじめたのだ。

「あう……」

チロチロと舌先が肛門に蠢き、ヌルッと潜り込むと彼は妖《あや》しい快感に呻いて、キュッと肛門で茜の舌を締め付けた。

熱い鼻息がふぐりをくすぐり、内部で舌が蠢くたび、内側から刺激されるように勃起した幹がヒクヒクと上下した。

ようやく脚が下ろされると、茜は鼻先にある陰嚢《いんのう》にしゃぶり付き、二つの睾丸《こうがん》を舌で転がした。

「ああ……、気持ちいい……」

虎太郎は快感に喘ぎ、一物だけでなく肛門やふぐりも感じることを知った。

やがて袋全体を生温かな唾液にまみれさせると、茜は前進して肉棒の裏側をゆっくり舐め上げてくれた。

滑らかな舌が先端まで来ると、彼女はそっと幹に指を添え、粘液の滲《にじ》んだ尿口を舐め回し、張り詰めた亀頭をくわえた。

そして自分の初物を捧げた一物を、慈《いつく》しむようにゆっくりと喉の奥まで呑み込んでいった。

温かく濡れた口腔に深々と含まれ、股間に熱い息を受けながら虎太郎はヒクヒクと幹を震わせた。

茜は幹を口で丸く締め付けて吸い、熱い鼻息で恥毛をそよがせ、口の中ではクチュクチュと満遍《まんべん》なく舌がからみついてきた。

「アア……」

彼はゾクゾクする快感に喘ぎ、無意識にズンズンと股間を突き上げた。

「ンン……」

喉の奥を突かれた茜が小さく呻き、たっぷりと唾液を出して一物全体を生温かく浸した。そして彼女も小刻みに顔を上下させ、濡れた口でスポスポと強烈な摩擦を開始した。

まるで全身が茜のかぐわしい口に含まれ、唾液にまみれて舌で転がされているような快感に、ひとたまりもなく虎太郎は二度目の絶頂に達してしまった。

「い、いく……」

溶けてしまいそうな快感に口走ったが、口を汚してよいのだろうかとためらいを覚えた。しかし茜は構わず愛撫を続け、虎太郎も堪らずにありったけの熱い精汁をドクンドクンと勢いよくほとばしらせてしまった。

「ク……」

喉の奥を直撃された彼女が呻き、それでも摩擦と吸引、舌の蠢きを続行してくれた。

「あう、気持ちいい……」

虎太郎は激しすぎる快感に呻き、股間を突き上げながら心置きなく最後の一滴まで出し尽くしてしまった。

「アア……」

すっかり満足しながら虎太郎は声を洩らし、グッタリと力を抜いて身を投げ出した。茜も動きを止めると、亀頭を含んだまま口に溜まった精汁をコクンと一息に飲み込んでくれた。

「う……」

喉が鳴ると同時に口腔がキュッと締まり、彼は駄目押しの快感に呻いた。

やがて茜がチュパッと口を離すと、さらに余りを絞るように幹をしごき、鈴口《すずぐち》に膨らむ白濁《はくだく》の雫《しずく》までチロチロと舐め取ってくれたのである。

「あうう、も、もういい。有難う……」

虎太郎は腰をよじり、ヒクヒクと過敏に幹を震わせながら降参するように言った。ようやく茜も舌を引っ込めると、上気した顔を上げてチロリと舌なめずりした。

「二度目なのに、すごい勢いでした」

茜が言い、もしかして男の仕組みには精通しているのではないかと彼は思ったが、とにかく今は余韻の中、いつまでも治まらぬ動悸《どうき》の中で呼吸を整えるばかりであった。

やがて茜が身繕《みづくろ》いをし、

「今宵《こよい》のこと、決して忘れません」

辞儀をして言うと、すぐ納屋を出ていってしまった。

彼はしばし脱力していたが、男になった感激を嚙み締め、ようやく身を起こして寝巻を着た。

そして風呂も空いたようなので、虎太郎は屋敷の勝手口から湯殿に行って身体を流し、体を拭くとまた納屋に戻り、茜とのことを一つ一つ思い出しながら眠りに就《つ》いたのだった。

四

「一同、揃ったようだな」

正面に座った国家老、風見重兵衛《じゆうべえ》が皆を見渡して言った。

翌朝、藩士一同は屋敷の大広間に集合していた。虎太郎も久々に裃《かみしも》を着て、一同の末席に座していた。

重兵衛の横には気品に満ちた千代姫が座り、その横には奈緒。

女は他に、乳母の朱里だけである。

(あれが茜の母親か……)

虎太郎は朱里を遠目に見て、確かに茜と目鼻立ちが似ていると思った。

むろん茜と母娘《おやこ》であることは、経緯《いきさつ》は分からないが一部のものしか知らないのだろう。

「では明朝、姫が江戸へ発つにあたり警護の人選を十名読み上げる」

重兵衛が言って書き付けを開いた。

「まず警護の頭《かしら》は娘の奈緒。そして山淵一馬」

さらに何人かの若侍たちの名が呼ばれ、剣術の強い順だからほぼ予想通りであった。

「そして十人目の最後、三友虎太郎」

重兵衛が言い、名を呼ばれた虎太郎はビクリと顔を上げた。

すると他の藩士たちも驚いたように顔を見合わせ、思わず虎太郎を振り返るものもいた。

「なぜ三友が……」

「なあに、雑用の手も要るのだろう」

誰かが囁くと、一馬が小声で答えた。

「静まれ。では呼ばれたものは仕度を調《ととの》え、明日に備えておけ」

重兵衛が言うと、

「では、よろしく頼みます」

千代も可憐な声で皆に言うと、やがて朱里の介添《かいぞ》えで立ち上がり広間を去っていった。続いて重兵衛と奈緒も出てゆき、それを見送ると解散となり、一同も広間を出ていった。

「どこを見込まれたか知らぬが、選ばれるとは大層な出世ではないか。一つ出立《しゅったつ》前に稽古といこうか」

一馬が嫌な笑みを洩らして虎太郎に言ったが、

「止《よ》せ、山淵。選ばれた以上怪我でもさせたら大目玉だぞ」

他のものに窘《なだ》められ、一馬もそれ以上からんではこなかった。

虎太郎も、自分が選ばれたことを不審に思いながら納屋に戻った。あるいは茜が母親の朱里に言い、その願いが重兵衛に伝わったのかも知れない。

とにかく袢と袴《はかま》を脱いで畳み、彼はいつもの着流しに戻った。

（江戸へ行くのか……）

虎太郎は思った、もちろん常陸国どころか、領外へ出るのは初めてのことである。

まあ江戸藩邸にも多くの藩士がいるから、姫を送り届けたら国許に引き返すことになろう。それでも初めての遠出に胸が弾んだ。

一行は姫の乗物を担ぐ陸尺《ろくしやく》四人と、あとは荷を積んだ馬を引く小者など、総勢二十人ほどのようだ。

彼は出立の仕度をし、着替えや手拭い、替えの草鞋《わらじ》などを荷に包み、大小にも柄袋《つかぶくろ》を着けた。

やがて整えると、厨の片隅で昼餉を済ませ、あとは夕刻までいつものように洗濯や薪割《まきわ》りをして過ごした。

そして夕餉を終えて納屋に戻ると、何とまた茜が来てくれたのである。

しかも茜は含み綿に赤い頬、ご丁寧に顔に煤《すす》まで付けたいつもの見慣れた顔ではないか。

「私も、母とともに江戸へ行けることになりました」

「え？　そうなのか。なぜ……」

言われて驚いたが、茜は彼の問いには答えなかった。

恐らく乳母の朱里が家老に言い、それが通ったのだろう。

そもそも重兵衛は朱里と茜が母娘と知りつつ、なぜ茜に下女をさせているのかが分からない。

まあ重兵衛が承知しているのなら、明日から下女の茜が姿を消しても、藩士たちに不審がられぬよう何か理由を付け、別の下働きを雇うのだろう。

「明日は母について素顔で旅をするので、この顔も最後です」

「そうなのか。いいよ、今宵はその顔で」

虎太郎も、多くの疑問を抱えながらも目の前にいる、自分にとって初めての女に淫気を向けてしまった。

茜もそのつもりで来たらしく、あとは淫気が伝わり合うように黙々と帯を解きはじめたのだ。

虎太郎も手早く全裸になり、布団に仰向けになると、茜が一糸《いっし》まとわぬ姿で迫ってきた。

「頼みがあるのだが」

「はい、何なりと」

「ここへ座ってくれぬか」

仰向けの虎太郎が激しく勃起しながら下腹を指して言うと、茜も恐る恐る彼を跨《また》いでしゃがみ込んできた。

武士を跨ぐのも畏《おそ》れ多いだろうが、それ以上に彼女は忠実に、初の男である虎太郎の命に従っているのだろう。

「ああ、変な気持ち……」

濡れはじめた陰戸を彼の下腹に押しつけ、茜が息を弾ませて言った。

「では両足を私の顔に乗せてほしい」

虎太郎が言い、彼女の両足首を摑《つか》んで顔に引き寄せた。

「あん……」

茜はビクリと身じろいで声を洩らしたが、虎太郎が立てた両膝に寄りかかりながら、そろそろと両足を伸ばし、足裏を彼の顔に乗せてしまった。

彼は茜の目方の全てを身に受け、うっとりと快感に浸った。激しく勃起した先端が上下に震えるたび、トントンと茜の腰を叩いた。

虎太郎は茜の両の足裏を舐め、縮こまった指の間に鼻を押しつけて蒸れた匂いを貪り、爪先にしゃぶり付いて全ての指の股の汗と脂の湿り気を味わった。

「あう、いけません……」

茜が呻き、腰をよじるたび陰戸が下腹に擦られ、徐々に増してくる熱い潤いが伝わってきた。しかも昨夜と顔が違い見慣れた茜なので、虎太郎は新鮮な興奮に包まれた。

やがて両足とも味と匂いを貪り尽くすと、

「じゃ顔に跨がってくれ」

彼は茜の両足首を摑んで顔の左右に置き、手を引っ張って言った。

茜も尻込みしながら前進し、とうとう厠《かわや》に入ったように虎太郎の顔にしゃがみ込んでしまった。

（何と艶《なま》めかしい……）

厠を真下から見た姿は、このようであろうかと彼は興奮を高めて思った。

しゃがみ込んでいるため、白い内腿がムッチリと張り詰め、濡れはじめた陰戸が鼻先に迫り、熱気と湿り気が彼の顔中を包み込んだ。

虎太郎は彼女の腰を抱えて引き寄せ、若草の丘に鼻を埋め込んで貪るように女臭を嗅いだ。

今日も一日働いた彼女の股間は、ムレムレになった汗とゆばりの匂いを籠もらせ、鼻腔を悩ましく掻き回してきた。

胸を満たしながら舌を挿し入れ、濡れて息づく膣口の襞をクチュクチュ探り、柔肉をたどってオサネまで舐め上げていくと、

「アアッ……！」

茜が熱く喘ぎ、思わず座り込みそうになって懸命に彼の顔の両側で脚を踏ん張った。

虎太郎もチロチロと舌先で弾くようにオサネを刺激しては、新たにトロトロと溢れてくる淫水をすすって匂いに酔いしれた。

さらに尻の真下に潜り込み、ひんやりした双丘を顔中に受けながら谷間の蕾に鼻を埋め、蒸れて秘めやかな匂いを嗅いだ。

そして舌を這わせてヌルッと潜り込ませ、滑らかな粘膜を探ると、

「く……！」

茜が呻き、きつく肛門で舌先を締め付けてきた。

充分に舌を蠢かせてから再び陰戸に戻ってヌメリをすすり、チュッとオサネに吸い付くと、

「あう、いい気持ち……」

茜もすっかり羞恥やためらいを捨て、素直な感想を洩らしはじめた。

オサネを舐めながら見上げると、含み綿をしたいつもの顔が快感に喘ぎ、何とも色っぽかった。

「も、もう堪忍……。今度は私が……」

やがて気を遣りそうになったか、茜がビクッと股間を引き離して言い、仰向けの彼の上を移動していったのだった。

五

「ああ、気持ちいい……」

茜に一物をしゃぶられ、虎太郎は快感にうっとりと喘いだ。

彼女もスッポリと根元まで呑み込み、熱い息を股間に籠もらせながら舌をからめて吸い付いた。

さらにスポスポと顔を上下させて摩擦されると、彼もすっかり高まり、ジワジワと絶頂が迫ってきた。

「い、いきそう……」

虎太郎が情けない声を出すと、すぐ茜がチュパッと口を離して顔を上げた。

「どうか、跨いで茶臼《ちやうす》（女上位）で入れてくれ……」

「はい、私もいろいろ試したいです」

言うと彼女も答え、素直に前進して虎太郎の股間に跨がってきた。

幹に指を添え、唾液に濡れた先端に割れ目を押しつけると、感触を味わうように息を詰め、ゆっくり腰を沈み込ませた。

たちまち、屹立した肉棒がヌルヌルッと滑らかな肉襞の摩擦を受け、根元まで没していった。

「アアッ……！」

茜が顔を仰け反らせて喘ぎ、キュッときつく締め上げてきた。

虎太郎も股間に重みと温もりを受け、両手を伸ばして茜を抱き寄せた。

彼女が身を重ねてくると、虎太郎は両膝を立てて尻を支え、潜り込むようにして乳首に吸い付いた。

顔中に膨らみを受けながら左右の乳首を交互に含み、充分に舐め回してから腋の下にも鼻を潜り込ませた。今日も生ぬるく湿った和毛には、甘ったるい汗の匂いが濃厚に沁み付いて鼻腔を満たした。

動かなくても、膣内の収縮に彼は高まってきた。

やがてズンズンと股間を突き上げはじめると、

「アア……」

茜も声を洩らし、合わせて腰を遣いはじめた。溢れる淫水で動きが滑らかになり、クチュクチュと湿った摩擦音が聞こえ、ヌメリがふぐりの脇を伝い流れて彼の肛門まで生ぬるく濡らしてきた。

「痛くないのか」

「ええ、いい気持ち……」

訊《き》くと茜が答えるので、彼も次第に遠慮なく強く股間を突き上げはじめた。

そして淡い汗の味のする首筋を舐め上げ、顔を引き寄せてピッタリと唇を重ねると、

「ンンッ……」

茜は熱く鼻を鳴らし、差し入れた彼の舌にチュッと吸い付いてきた。

口の中を舐め回すと、唾液を含んだ綿に触れた。すると彼女も、もう不要と思ったか二つとも吐き出した。

執拗《しつよう》に舌をからめ、彼は注がれる生温かな唾液でうっとりと喉を潤した。

「もっと唾《つば》を出して……」

唇を触れ合わせたまませがむと、茜もことさら大量にトロトロと口移しに唾液を注いでくれ、飲み込むたびに甘美な悦びが彼の胸に広がった。

「アア、いきそう……」

茜が口を離して熱く喘ぐと、膣内の収縮と潤いが増してきた。

虎太郎は彼女の喘ぐ口に鼻を押し込み、濃厚に甘酸っぱい吐息で鼻腔を満たしながら、摩擦と締め付けの中で高まった。

「しゃぶって……」

囁くと、茜も彼の鼻の穴にヌラヌラと舌を這わせてくれた。吐息の匂いと唾液のヌメリに、たちまち彼は昇り詰めてしまった。

「い、いく……！」

虎太郎は快感に口走り、熱い精汁を勢いよくドクンドクンと注入した。

「い、いい気持ち……。アアーッ……！」

すると茜も、深い部分を直撃された途端声を上ずらせ、ガクガクと狂おしい痙攣を起こして気を遣った。

収縮が最高潮になり、まるで放った精汁を飲み込むかのようにキュッキュッときつく締まった。

「あう、すごい……」

彼は全身まで吸い込まれる心地で呻きながら、心ゆくまで快感を嚙み締め、最後の一滴まで出し尽くしていった。

「ああ、良かった……」

虎太郎は満足しながら声を洩らし、徐々に突き上げを弱めていった。

すると茜も満足げに肌の硬直を解き、力を抜いてグッタリと彼にもたれかかってきた。

重みと温もりの中、まだ息づく膣内でヒクヒクと幹を過敏に跳ね上げると、

「あう……」

茜も呻き、キュッときつく締め上げてきた。

彼は茜の口に鼻を押し込み、果実臭の吐息を嗅いで胸を満たしながら、うっとりと快感の余韻を味わった。

「この顔で嫌じゃありませんでしたか？」

茜が呼吸を整えながら囁いた。

「ああ、どちらの顔も好きだよ。茜に変わりないのだからな」

答えると、彼女が嬉しげに笑みを浮かべた。

そして懐紙を手にすると、そろそろと股間を引き離して手早く陰戸を拭い、また屈み込んで濡れた亀頭にしゃぶり付いてくれた。

「く……、また勃《た》ってしまう……」

虎太郎が刺激に腰をくねらせて言うと、茜も口を離し、懐紙で包み込むように一物を拭ってくれた。

「明日に備えて、今宵はおやすみになって下さいませ」

茜が諭《さと》すように言う。

それにしても生身の女がいると、自分一人の手すさびで空しく拭き清めなくて済むのは何とも幸せなことだと彼は思った。

「ああ、じゃ今宵は我慢しよう」

「はい、それがよろしゅうございます。では」

茜は手早く身繕いをしながら言い、そのまま納屋を出ていってしまった。

虎太郎は全裸で横になったまま余韻に浸り、やがて行燈を消して布団を引き寄せた。

身体を流すのは明朝で良いだろう。

そして彼は、すぐにも深い眠りに落ちていったのだった……。

——翌朝、まだ暗いうちに虎太郎は目覚め、全裸のままだったので寝巻を羽織って起き上がった。

出立は日の出と聞いている。

彼は納屋を出て厨で朝餉を軽く済ませた。すでにみな起きていて、藩士たちも順々に食事をしていたが、茜の姿はなかった。あるいは別室で、朱里とともに仕度を調えているのかも知れない。

虎太郎は厨を出て井戸端で水を浴び、口をすすいだ。

だいぶ東の空が白みはじめている。納屋に戻った彼は新たな下帯を締め、襦袢《ジュバン》と着物を着て帯を締め、足袋《たび》を履《は》いて袴を着けた。

外からは、多くの人の声が聞こえてきたので、そろそろ千代姫の女乗物も仕度されはじめたのだろう。

大名行列ではないので、裃でなく羽織だ。そして虎太郎は荷を斜めに背負うと腰に大小を帯び、塗一文字笠《ぬりいちもんじがさ》を手に外へ出た。

大門が開かれ、すでに乗物が出る仕度を調えている。

荷を積んだ馬は二騎、小者が手綱《たづな》を取り、警護の十人も揃いはじめていた。

順路は、とにかく山道を南東に進み、牛久《うしく》の南にある藤代《ふじしろ》まで行けば、あとは水戸《みと》街道《かいどう》を南下、取手《とりで》、我孫子《あびこ》、小金《こがね》、松戸《まつど》、新宿《にいじゅく》、千住《せんじゅ》から神田《かんだ》にある田代藩江戸屋敷まで行く。

乗物でも姫の疲労を鑑《かんが》み、宿は取手と新宿（葛飾区《かつしかく》）に取ってあるという。

やがて出立の二十人と、見送りが揃い、曙光《しょこう》が射してきた。

「では頼む。くれぐれも姫を第一に」

重兵衛が言い、一同が礼を交わすと、千代が乗物に入った。陸尺が担ぎ、門から出ると一同も歩きはじめた。

先頭は奈緒と一馬、続いて金の入った箱を担いだ小者二名、そのあとに乗物、そして見目麗しい母娘、朱里と茜も歩きだ。

さらに姫の身の回りの荷を積んだ馬が二頭、他の警護たちもそれぞれ道に応じて乗物を囲み、虎太郎はしんがりだった。

「誰だ、あの美しい娘は」

「朱里様の娘ということで、ご家老の許しを得て同行するらしい」

「歩きで大丈夫なのかな」

警護の若侍たちが、歩きながら話していた。

虎太郎も進みながら、手甲脚絆《てっこうきゃはん》に笠を被り、竹杖《ちくじょう》を手にした母娘の姿に目を遣ったが、特に茜も彼を振り返るようなことはしなかった。

虎太郎も剣術は苦手だが、日々の働きで足腰は鍛えられているだろうし、何しろ母娘も歩きなのだから、男の自分が音《ね》を上げるわけにいかない。

とにかく整備された街道までは、人家もまばらな山道が続くので、一行は藤代に着くまでは気を引き締めて進まねばならない。

山賊《さんぞく》が出るという噂《うわさ》もあったので、一行はもう軽口を叩くこともなく、黙々と歩きはじめたのだった。

第二章　旅の途中で熟れ肌を

一

「ここで昼餉《ひるげ》の休憩とする」

奈緒が言い、一行は歩を停めた。まだ藤代まではだいぶあるようだ。

周囲は山ばかりで、左の斜面の下は河原、空には一羽の鷲《わし》が飛んでいた。

虎太郎も草に座り、持ってきた握り飯を食い、竹筒の水を飲んだ。

すると一馬が近づいてきた。

「おい三友。姫様が用を足している。河原でオマルを洗ってこい」

言われて、急いで食事を終えた虎太郎は立ち上がった。一馬は二つ年上で身体も大きく、拒《こば》むわけにもいかない。

乗物に近づくと、ちょうど朱里が中からオマルを受け取ったところだった。

「私が洗って参りますので」

虎太郎が言うと、朱里も彼の顔を見てオマルを差し出してきた。

「お願い致します。三友虎太郎殿」

朱里に名を言われ、驚きながらも彼は恭《うやうや》しく受け取った。浅い壺のようで中にはゆばりと、始末した懐紙《かいし》が浸かっている。

とにかく両手で壺を抱えて斜面を下り、河原まで行った。

こんな姿を茜に見られたくなかったが、見上げても、土手に阻《はば》まれて一行の姿は見えない。

（ああ、姫様のゆばり……）

虎太郎は股間を熱くさせながら、まだ生娘《きむすめ》の千代を思い、ゆばりの匂いで胸を満たした。そして中身を捨てて、河原の水で洗い、水を切って自分の手拭《てぬぐ》いで中を拭いてから、大切に抱えて土手を上りはじめた。

すると上から甲高《かんだか》い馬の嘶《いなな》きが聞こえ、怒号が入り混じり、刀を合わせるような物音まで聞こえてきたではないか。

（え……？）

驚いた彼が急いで斜面を上り切ると、何人かの若侍が血を流して倒れ、さらに山の方へと、姫を抱えた大男たちが逃げていくのが見えた。

見回したが、朱里や茜の姿はない。

うずくまって苦悶《くもん》する奈緒がいたので、虎太郎は駆け寄った。

「大丈夫ですか」

「ひ、姫が掠《さら》われた。金も……。早く曲者《くせもの》を……」

奈緒が、血の滲《にじ》む袴《はかま》を押さえて声を絞り出す。

どうやら太腿でも斬《き》られたのだろう。憧《あこが》れの奈緒の、濃厚に甘ったるい汗の匂いを感じている場合ではない。

とにかく虎太郎も家臣の一人として、オマルを置くと柄袋《つかぶくろ》を外しながら急いで山へと駆け上がっていった。

鯉口《こいぐち》を切りながら草を掴《つか》んで上っていったが息が切れ、山賊《さんぞく》と戦うことになったらと思うと膝が震えた。

そして上りきると少し平坦な場所に出て、そこに七人ばかりの屈強な山賊が腰を下ろし、千代を抱え込んでいるではないか。みな大男で毛皮の羽織を着て剛刀を腰に帯びていた。

食い詰め浪人の集団であろうか。

「おう、まだ無傷な奴が残っていたか」

「相当に弱そうな奴だぞ。よし、俺が仕留めようか」

山賊たちが下卑《げび》た笑みを浮かべて言い、一人が立ち上がるなり剛刀を抜き放って迫ってきた。

(う、うわ……！)

虎太郎は怯《ひる》みそうになりながらも、何とか抜刀して青眼《せいがん》に構えた。

しかし、相手に向けた切っ先が大きく震えている。

「さあ、斬りかかって来いよ」

男が言いながら大上段に振りかぶり、一歩踏み出してきた。

恐怖に思わず身をすくめたが、その瞬間、男がビクリと硬直し、

「ぐえぇ……！」

奇声を発しながら膝を突き、そのままガックリと突っ伏したのである。

驚いて見ると、柿色《かきいろ》の人影が閃《ひらめ》いて虎太郎に迫った。

「虎太郎様、とどめを」

女の声がし、彼女は虎太郎に手を添え、倒れた男のうなじに一緒に刀を突き立てたのである。どうやら男の動きを止めた、最初の一撃は石飛礫《いしつぶて》だったらしい。

男はビクリと痙攣《けいれん》し、血を噴いて絶命した。

「ま、まさか、茜……」

「お借りします」

虎太郎が驚いて言うと、柿色の装束に身を包んだ茜が笑みを洩らし、彼の刀を手にして敵に向かっていった。

その間に、連中は色めき立って立ち上がり、それぞれ得物《えもの》を抜き放っていた。

しかし茜の動きは実に素晴らしく、目にも止まらず宙を舞い、幹を蹴って男を襲い、その切っ先を正確に連中の喉元に突き立てては、返り血を避けて次の敵に向かっていた。

たちまち三人四人と血を噴いて倒れ、動かなくなっていった。

茜の攻撃は突くのみである。恐らく斬ったら脂《あぶら》が巻いて、刀がすぐ使いものにならなくなるからだろう。敵の刀と打ち合わせないのも、刃こぼれを避けるためのようだ。

実に、奈緒以上に最小限の動きと素早さで容赦《ようしゃ》なく敵を屠《ほふ》っていった。

すると最後に残った首領らしき髭面《ひげづら》の大男が、幹を背に千代を抱え、その喉元に刃《やいば》を突き付けた。

千代も、すっかり力なくグッタリとし、すでに失神しているようだ。

「動くな。姫がどうなってもいいのか」

首領は言ったが、手下の全てを倒され、相当に焦《あせ》っているように声を震わせていた。

茜は刀を下ろし、大きく息を吸い込んだ。そしてカッと喉を鳴らすと、白っぽい固まりが口から吐き出されたのだ。

それは一直線に飛んで、首領の口に入り込んだ。

「むぐ……」

粘着質なものに喉を塞《ふさ》がれたか、首領が目を白黒させて苦悶した。

その瞬間、幹の後ろに潜んでいたもう一人の柿色装束が男の腕を捻《ひね》り上げ、得物を落とさせた。

「虎太郎殿、姫を！」

「しゅ、朱里様……」

言われて虎太郎も駆け寄り、朱里の手から千代を受け取った。頭巾《ずきん》を被っているが、それは紛《まぎ》れもなく朱里であった。

とにかく首領から姫を引き離すなり、素早く茜が飛び込んで男の胸元を切っ先で貫き、同時に朱里の竹杖《ちくじょう》が一閃《いっせん》して首を刎《は》ね落としていた。

竹杖は、直刀の仕込み杖《づえ》だったようだ。

虎太郎は、姫を抱えながら呆然《ぼうぜん》とした。母娘《おやこ》は、完全に倒れた七人のとどめを刺して回り、それぞれ刀身を念入りに拭った。

「お返し致します。刃こぼれはないはずです」

茜が言い、彼の鞘《さや》に刀を納めてくれた。

「あ、あなた方は……」

「筑波山にある素破《すっぱ》の里から来ました。代々田代藩にお仕えしております」

声を震わせながら訊《き》くと、茜が答えた。

「年中山賊に襲われ、そのたび戦ってきましたが、これが最後の七人です。もう里は安心でしょう」

茜が言うと、朱里は懐中から紙を出して何か書き付け、ヒュッと口笛を吹くと彼女の腕に鷹《たか》が舞い降りてきた。

朱里が紙を細く畳んで鷹の足に結びつけると、たちまち鷹は羽音高く舞い上がり、彼方へ飛び去っていった。

「里に山賊の全滅を報《しら》せ、この死骸を片付けさせ、金や得物を集めるために仲間を呼びました」

茜が、柿色の装束の上から手早く着物を着て言った。

朱里も元の旅装束になると、奪われた金の箱や荷を抱え上げた。

（素破……。関ヶ原から百年も経つのに、脈々と……）

虎太郎は思った。恐らく山賊の残党が藩の金と姫を奪い、高飛びしようとしているのを見透かし、手練《てだ》れの母娘が加わっていたようだった。

「背負った方が楽でしょう。姫様を落とすといけません」

茜が言い、グッタリした姫を抱えた。すると姫が目を覚ましたのである。

「だ、誰……！」

「大丈夫です。姫様、ご家来の三友虎太郎様が山賊を全滅させました。どうかご安心を」

茜が言うと、千代も乳母《うば》である朱里の顔を見て安心したか、彼の顔を見つめてきた。

「そなたが虎太郎か……」

「はい、では乗物までお届け致します」

虎太郎が言って背を向けると、茜が千代を背負わせた。

　ここへ来てようやく震えが治まり、彼はあらためて背に密着する姫の乳房の膨《ふく》らみと、肩越しに感じる熱く湿り気ある吐息を感じて股間を熱くさせた。

　千代の吐息は茜に似て甘酸っぱい果実臭だが、恐怖に口中が渇き、かなり濃厚な刺激を含んで彼の鼻腔《びこう》を掻き回した。

　嗅《か》ぎながら彼は背負う姫の温もりと、太腿の弾力を感じ、やはり同じ生身の人なのだと思いながら山を下りはじめた。

二

「ひ、姫様……！」

　虎太郎が姫を背負って道まで下りていくと、奈緒が目を丸くし、斬られた脚を引きずって近づいてきた。

　すると金の箱や荷を持ってきた朱里と茜も、そこへ置くと乗物の陰に隠れた。

　どうやらずっと怯《おび》えて隠れていたことにするらしい。

　母娘が素破であることは隠すよう言われ、虎太郎が一人で活躍したことになってしまうようだった。

母娘の正体を知っているのは、家老の重兵衛だけということである。

あらためて姿を現した朱里と茜が、虎太郎の背から千代を下ろし、乗物へと入れた。

「く、曲者は……」

「虎太郎が全て倒してくれた」

奈緒が訊くと、乗物の中から千代が答えた。

「そ、そんな。まさか……」

奈緒は呆然として虎太郎を見つめ、さらに奪われた荷や金も傍《かたわ》らにあるのを見て目を丸くした。

「そ、そなた一人で……？」

奈緒は言ったが、すぐにも役目を思い出したようだ。

「誰か歩けるもの、領内へ駆け戻って人を呼べ。怪我人の手当てを！　傷の浅いものは血止めだけして、このまま江戸への道中を続ける！」

奈緒が周囲に向かって怒鳴った。

すると警護の一人が立ち上がり、足早に領内へと引き返していった。

確かに、姫の江戸行きは江戸藩邸のみならず、幕府にも伝わっているだろうから、都合により延期などというわけにいかない。

それに二つの宿もすでに決まっているだろうから、取り消しや延期のための無用な出費もままならないのである。

朱里と茜が、再び荷を馬の背に乗せ、怪我人の様子を見て回り、軽いものは手拭いで縛っていった。

「警護の五人と、小者二人が亡くなりました。あとはすぐ治るでしょう」

朱里が言うと、力尽きて座り込んだ奈緒の袴をまくった。

行燈《あんどん》袴で、白くスラリとした脚が付け根まで露《あら》わになった。虎太郎が覗《のぞ》き込むと、奈緒の股間には男のように下帯《したおび》が着けられていた。

「大事ありません。もう血は止まっているし、すぐ痛みは治まるでしょう」

朱里が言い、三寸（十センチ弱）ばかり斬り裂かれた傷口に素破の秘薬らしい薬草を塗り込み、晒《さら》しを巻いた。

「こ、虎太郎……。刀を見せて……」

奈緒が脂汗を滲ませて言うので、虎太郎も屈《かが》み込み、抜刀して刃を向けないように彼女に手渡した。

奈緒は、しげしげと刀身を見て嘆息した。

「確かに血曇りが、しかし切っ先の方ばかり曇り、刃こぼれもない。なぜか」

「刀を合わせると折れるといけませんし、斬るには脂が巻くので、突くのが良いかと」

虎太郎が答えると、奈緒が刀を返してきた。それを鞘に納めると、一馬が血を流した腕を抱えながら山から下りてきた。どうやら虎太郎の活躍が信じられず、現場を見にいってきたようだ。

「確かに七人の全てが、喉を突かれて死んでいました……」

一馬が奈緒に報告し、悔《くや》しげに虎太郎を睨《にら》んだ。

「そうか……、私は何も出来なかった。いかに稽古《けいこ》で天狗《てんぐ》になろうとも、決まった形を持たない山賊相手には手も足も出なかったのだ」

奈緒が言い、虎太郎に熱っぽい眼差《まなざ》しを向けた。

「姫様に万一のことがあれば、ここで一同腹切って詫《わ》びるつもりだったが……」

「ええ、私も必死でしたので」

虎太郎は答え、実際は朱里と茜の手柄なのに、それを口止めされ申し訳ない気持ちになった。

「よし！　歩けるものは道中を続ける。傷の重いものは、ここで藩から来るものを待て」

奈緒が言って立ち上がり、また先頭に立った。

一馬も腕の傷を晒しで縛ってもらい、奈緒とともに歩きはじめた。千代を乗せた乗物も進み、怪我を負った警護の残り二人と虎太郎も従い、一行は半数以下となってしまった。

「山淵一馬は、大した傷でもないのに死んだふりをしていたのですよ」

茜が近寄って囁《ささや》き、虎太郎は小さく頷《うなず》いた。

まあ一馬も山を駆け上がって確認する元気があるのだから、そんなところだろう。もちろん虎太郎も、朱里と茜がいなければ似たようなものだったろうから、一馬を責める気にはならなかった。

「あの首領の口に吐きかけたものは？」

「粘つきを増した唾《つば》で窒息させました」

「すごい……」

虎太郎は、思わず股間を熱くさせて言った。死ぬ間際に、美女の唾を味わえた首領が羨《うらや》ましいぐらいだった。

それにしても、素破の里も今まで何度となく山賊に襲われたというから、その頃から茜は何人も殺してきたのだろう。

可憐《かれん》な娘の容赦ない殺人技を思い出し、そんな茜を抱いたのだと思うと、ますます虎太郎の胸は高鳴ってしまった。

ただ今回、最後の七人は二手に分かれて奇襲し、朱里も茜も周囲に気を配っていただろうに、防ぎきれぬほど素早い段取りだったようだ。

だから何人もの死者を出したことで、茜の表情は冴《さ》えなかった。

と、そこへ一馬が駆け寄ってきた。

「三友。姫様が、そばにいてくれと。代わりに俺がしんがりだとよ」

忌々《いまいま》しげに言うのを尻目に、虎太郎は前へ進み、朱里と共に乗物を挟んで歩いた。窓が開いて、千代が可憐な顔で「頼む」というふうに頷きかけ、彼も頭を下げた。

この雲の上の姫君のゆばりを嗅ぎ、しかも背負って肩越しに吐息を味わい、背に乳房の膨らみと温もりを感じ、さらには腰にコリコリする恥骨の膨らみまで感じたことを思い出し、虎太郎は歩きながら勃起してしまった。

そして奈緒の白く張りのある太腿と、血まみれの傷口も鮮明に目に焼き付いていた。

まあ奈緒も道中に支障のない程度の傷だったから、虎太郎もそんなことばかり頭に思い描いてしまうのだろう。

それにしても多くの死者を出し、山賊どもが屠られるのを目の当《ま》たりにしたというのに、そんな恐怖の思いより、茜や奈緒、千代に対する言いようのない淫気を覚えるのだから、やはり自分は少々変なのではないかと思った。

やがて一行はようやく山道を抜け、藤代の宿に入った。あとは水戸街道を南下するだけだから、もう曲者の襲撃などないだろう。

そして陽が傾く頃、取手の宿に着き、一行はほっとして宿に入った。

面々は各部屋で、あらためて傷の手当てをし、男で無傷の虎太郎は荷を降ろして一息ついた。

貸し切りなので他の客はなく、しかも人数が減ったので虎太郎も一人部屋が使えたのである。

順々に風呂に入り、一同で夕餉を囲んだが、もちろん酒などは出ず、藩士たちも怪我をしているので静かに食事を済ませたのだった。内心では誰もが、虎太郎の活躍がどうにも信じられないようだが、奈緒がいるので無駄口を叩くものはいなかった。

食後も奈緒と、もちろん朱里と茜は周囲の警戒を怠《おこた》らず、虎太郎は部屋で寝巻に着替えた。

全員が明日に備えて寝ることにし、千代も奥の部屋で休んだようだった。

すると襖《ふすま》が開き、寝巻姿の朱里が入って来たのである。どうやら姫の警護は奈緒と、それとなく茜も気を配っているのだろう。

「よろしいですか」

朱里は言い、彼を布団に横たえ、優雅な仕草で添い寝してきたのだ。

「え……？」

虎太郎は驚き、美しき茜の母親の温もりに身を硬くさせた。

「茜の好いた男を味わいたいのです。なるほど、優しそうな……。しかも、不器量に変装した茜のことも厭《いと》わず抱いてくれたようですね」

朱里が囁き、彼の帯を解いて寝巻を脱がせ、下帯まで取り去ってしまった。

もちろん彼自身は、はち切れんばかりに勃起していた。

三

「茜は初物でしたが、淫法の鍛錬のため張り形による快楽は知っていたのです」

朱里が言う。なるほど、と虎太郎は得心がいった。

挿入に慣れていれば初回でも痛みより快感を覚え、しかも張り形は射精しないので、彼が膣内で精汁を放つと奥深くに噴出を感じ、新鮮な感覚で気を遣《や》っていたのだろう。

それにしても淫法には、敵を誑《たぶら》かしたりするような、そうした技もあり、女の素破には必要なことなのかも知れない。

やがて朱里が、彼の一物《いちもつ》に手を這わせてきた。

「こんなに勃《た》って……。私のこともお嫌ではなさそうですね。では茜にしたように、どのようにも存分に……」

朱里も寝巻を脱ぎ去り、一糸《いっし》まとわぬ姿になって虎太郎に囁いた。

互いに全裸で横たわり、身を寄せているうち彼は激しい興奮に見舞われた。

そのまま甘えるように腕枕してもらうと、目の前で何とも豊かな乳房が息づいていた。

体術の手練れにしては筋肉も窺《うかが》えず、実に豊満な柔肌をしていた。

虎太郎はそろそろと膨らみに触れながら、朱里の腋《わき》の下に鼻を埋《うず》め、湿った腋毛に籠もる濃厚に甘ったるい汗の匂いで鼻腔を刺激された。

どうやら入浴はまだのようだ。

「ああ、いい匂い……」

虎太郎は、美女の熟れた体臭で胸を満たしながら喘《あえ》いだ。

「本当は、素破は忍びを行うときは全ての匂いを消すものですが、もう江戸まで戦いは起きないでしょうから」

朱里が、ありのままの匂いを漂わせて言った。

虎太郎は腋毛に鼻を擦《こす》りつけて濃い匂いを貪《むさぼ》り、やがて仰向けの朱里にのしかかり、チュッと乳首に吸い付いて舌で転がした。

柔らかな膨らみに顔中を押しつけて感触を味わい、彼は心地よい窒息感に噎《む》せ返った。

朱里の肌は反応せず、息も乱さず、身を投げ出して慈《いつく》しむように虎太郎を見ながら愛撫を受け止めていた。

彼は両の乳首を順々に含んで舐め回し、白く滑《なめ》らかな熟れ肌を舐め下りていった。形良い臍《へそ》を舌で探り、豊満な腰から脚を舐め下り、茜にもしたように足裏に舌を這わせた。

形良く揃った指先に鼻を割り込ませて嗅ぐと、やはりそこは生ぬるい汗と脂に湿り、蒸《む》れた匂いが濃厚に沁み付いていた。

美女の足の匂いで鼻腔を満たしてから、爪先をしゃぶって順々に舌を挿《さ》し入れて味わうと、微《かす》かにビクッと朱里の脚が震えた。

やはり体術と淫法の手練れでも、あまり愛撫されない場所には反応するのかも知れない。

虎太郎は両足とも、全ての味と匂いを貪り尽くした。

「どうか、うつ伏せに」

顔を上げて言うと、朱里もすぐゴロリと寝返りを打ってくれた。

彼は朱里の踵《かかと》から脹《ふく》ら脛《はぎ》、汗ばんだヒカガミから太腿、豊かな尻の丸みをたどり、腰から滑らかな背中を舐め上げていった。

どこも柔肌に覆《おお》われ、まさか必殺の技が秘められているなど信じられないほど艶《なま》めかしく女らしい肢体だった。

背中は淡い汗の味が感じられ、肩まで行って髪の匂いを嗅ぎ、耳の裏側の湿り気にも舌を這わせてから、彼は再び背中を舐め下りて、何とも豊かな尻に戻ってきた。

うつ伏せのまま股を開かせ、顔を迫らせて谷間を指で広げると、薄桃色の蕾《つぼみ》がひっそり閉じられていた。

双丘に顔中を密着させ、谷間の蕾に鼻を埋め込んで嗅ぐと、秘めやかに蒸れた匂いが籠もり、悩ましく鼻腔を掻き回してきた。

充分に嗅いでから舌を這わせ、襞を濡らしてヌルッと潜り込ませると、

「く……」

顔を伏せたまま微かに朱里が呻《うめ》き、キュッと肛門で舌先を締め付けてきた。

虎太郎は舌を蠢《うごめ》かせ、うっすらと甘苦く滑らかな粘膜を探り、充分に堪能してから顔を上げた。

「仰向けに……」

言って朱里も再び仰向けになると、彼は片方の脚をくぐって股間に顔を寄せていった。白くムッチリと量感ある内腿を舐め、虎太郎は中心部に迫って目を凝《こ》らした。

ふっくらした丘には黒々と艶《つや》のある恥毛が茂り、肉づきが良く丸みを帯びた割れ目からは、濡れはじめた花びらがはみ出していた。

そっと指を当てて左右に広げると、桃色の柔肉全体がヌラヌラと潤《うるお》い、かつて茜が生まれ出てきた膣口が襞を入り組ませて妖《あや》しく息づいていた。

包皮の下からは、小指の先ほどもあるオサネが光沢を放ち、ツンと突き立っていた。

股間に籠もる熱気と湿り気に誘われるように、彼は堪《たま》らず顔を埋め込んでいった。柔らかな茂みに鼻を擦りつけて嗅ぐと、隅々に沁み付いて蒸れた汗とゆばりの匂いが悩ましく鼻腔を刺激してきた。

匂いに酔いしれながら、彼は割れ目に舌を挿し入れていった。

熱いヌメリは淡い酸味を含んで舌の動きを滑らかにさせ、彼は膣口を掻き回してから茜より大きめのオサネまでゆっくり舐め上げていった。

「アア……」

とうとう朱里が熱い喘ぎ声を洩らし、内腿でキュッと彼の両頬を挟み付けてきた。舐めながら見上げると、白く張りのある下腹がヒクヒクと小刻みに波打ち、豊かな乳房の間から美女の喘ぐ顔が見えた。

そして充分にオサネを吸い、溢《あふ》れるヌメリをすすって味と匂いに酔いしれていると、朱里が身を起こしてきた。

「もうよろしいでしょう。交代しましょう」

言われて虎太郎も股間を這い出し、仰向けになると彼女が上になり、屹立《きつりつ》した一物に屈み込んできた。

熱い息が股間に籠もり、粘液の滲む鈴口《すずぐち》がチロチロと舐められ、そのまま朱里は丸く開いた口にスッポリと喉の奥まで呑み込んでいった。

「ああ、気持ちいい……」

虎太郎は快感に熱く喘ぎ、美女の生温かく濡れた口腔に深々と含まれてクネクネと身悶《みもだ》えた。

朱里も幹をモグモグと締め付けて強く吸い、口の中では長い舌がからみついて蠢き、たちまち彼自身は清らかな唾液にどっぷりと浸って震えた。

さらに彼女が顔を上下させ、濡れた口でスポスポと強烈な摩擦を開始してくれたのだ。

「い、いきそう……」

虎太郎が降参して言うと、すぐに彼女もスポンと口を離して顔を上げた。

「ええ、どうか跨《また》いで上になって下さいませ……」

訊かれて虎太郎が答えると、朱里は身を起こして前進し、彼の股間に跨がってきた。

「入れますか？」

先端に濡れた陰戸《ほと》を押しつけると、朱里は若い一物を味わうようにゆっくり腰を沈み込ませていった。張り詰めた亀頭が潜り込むと、あとはヌルヌルッと滑らかに根元まで嵌《は》まり込んだ。

「アア、いい気持ち……」

朱里が顔を仰《の》け反《ぞ》らせて喘ぎ、豊かな乳房を揺すりながらピッタリと股間を密着させて座り込んだ。

虎太郎も肉襞の摩擦と潤いに包まれ、股間に温もりを受け止めて奥歯を噛み締め、少しでも長く味わうため暴発を堪《こら》えた。

じっとしていても、締め付けと収縮が激しく彼を高まらせた。

両手を伸ばして抱き寄せると、朱里も身を重ねてくれた。彼は両膝を立てて豊満な尻を支え、下からしがみつくと胸に豊かで柔らかな乳房が密着して心地よく弾んだ。

唇を求めると、朱里も上から重ねてくれ、長い舌を挿し入れてきた。

彼女の熱い鼻息に鼻腔を湿らせながら舌をからめると、それは何とも滑らかに蠢き、生温かな唾液がトロトロと注がれた。

すでに茜から聞いて彼の性癖を熟知しているのだろうか。虎太郎は美女の唾液を味わい、うっとりと喉を潤した。

もう堪らずにズンズンと股間を突き上げはじめると、朱里も合わせて腰を遣《つか》い摩擦してくれた。

溢れる淫水がふぐりの脇を伝い流れ、彼の肛門まで温かく濡らしてきた。

「アア……。なるべく我慢して……」

朱里が口を離し、艶めかしく唾液の糸を引きながら囁いた。

色っぽい口から吐き出される熱い息を嗅ぐと、それは白粉《おしろい》のような甘い刺激を含んで悩ましく彼の鼻腔を搔き回してきた。

肉襞の摩擦と締め付け、吐息の匂いに包まれながら、たちまち虎太郎は激しい絶頂の快感に全身を貫かれてしまったのだった。

四

「あぁッ……。き、気持ちいい、いく……！」

虎太郎はクネクネと身を震わせながら喘ぎ、熱い大量の精汁をドクンドクンと勢いよくほとばしらせた。

「いいわ、もっと……。アアーッ……！」

噴出を感じた朱里も声を上ずらせ、ガクガクと狂おしい痙攣を開始して激しく気を遣ったようだ。

彼は股間を突き上げながら心ゆくまで快感を嚙み締め、最後の一滴まで出し尽くしていった。すっかり満足しながら徐々に突き上げを弱めていくと、

「ああ……、良かった。すごく……」

朱里も声を洩らし、熟れ肌の強《こわ》ばりを解いてグッタリともたれかかってきた。

まだ膣内は名残惜《なごりお》しげにキュッキュッと締まり、刺激された一物が内部で過敏にヒクヒクと跳ね上がった。

そして虎太郎は朱里の重みと温もりを受け止め、熱く湿り気ある白粉臭の吐息

を嗅いで鼻腔を満たしながら、うっとりと快感の余韻を味わった。

「匂いを消すとは、どのように……」

彼は下から訊いた。体は洗えば良いだろうが、口はすすぐだけでは足りないのではないか。

「たっぷり唾《つば》を出し、舌を動かして口の中を洗うのです」

「してみて下さいませ」

朱里が息を弾ませて囁くので、彼はせがんだ。すると彼女も口中に唾液を溜めて舌を蠢かしはじめたようだ。

「飲ませて……」

思わず言うと、朱里が形良い唇をすぼめて迫り、白っぽく小泡の多い唾液をトロトロと吐き出してくれたのだ。それを舌に受けて味わい、濃厚な唾液で喉を潤して酔いしれた。

「ああ、汚いのに……。中でまた大きくなってきましたね……」

朱里が言うと、確かに熱い吐息は無臭に近くなり、触れるほど迫ってじっくり嗅ぐと、まだ微かに甘い匂いが残っていた。

そして彼女の中でムクムクと回復し、もう一度射精しなければ治まらないほど興奮を甦《よみがえ》らせてしまった。

「相当に淫気が強いのですね。それに強運です。姫様のオマルを河原へ洗いに行かなければ」

「ええ、真っ先に殺されていたことでしょう……」

「では、あのとき死んだと思い、藩のため存分に働いて頂きましょう」

朱里が、キュッキュッときつく締め上げながら囁くと、彼自身は完全に元の硬さと大きさを取り戻してしまった。

「はい、そのつもりですが、私に何が出来るのか……」

「淫気と運気が強いだけでも、充分にお役に立てることがありますよ。私と茜も淫法で手助け致しますので」

朱里が言い、そろそろと股間を引き離した。

「あう……」

快楽を中断され、虎太郎は情けない声を出したが、

「さあ、今度は上になって下さいませ」

朱里が仰向けになって言うので、また続きが出来るのだと悦《よろこ》び、彼は入れ替わりに上になっていった。

「まずは本手《ほんて》（正常位）で」

朱里が股を開いて囁き、彼は股間を進め、淫水にまみれた先端を再び陰戸に押し当て、ヌルヌルッと滑らかに挿入していった。

「ああ……」

股間が密着すると、朱里が豊かな乳房を息づかせて熱く喘いだ。

虎太郎も、あらためて膣内の温もりと感触を味わい、何度かズンズンと突いてから身を重ねようとした。

しかし、それを押しとどめて朱里が両脚を浮かせて抱え込んだ。

「お尻の穴に入れてみて」

「え、大丈夫かな……」

「何でも試してみるのが一番です」

言われて、彼も好奇心が湧いてその気になってきた。

陰間《かげま》もしていることだし、朱里も淫法の一つとして経験しているのだろう。

虎太郎は、いったん一物を引き抜き、突き出されている白く豊満な尻を見た。

薄桃色の蕾は、陰戸から伝い流れる淫水でヌメヌメと妖しく潤い、挿入を待つように収縮していた。

彼が淫水に濡れた先端を蕾に押し当て、ゆっくり押しつけていくと、張り詰めて最も太い亀頭のカリ首までがズブリと潜り込んでいった。

いったん止めて様子を見たが、

「どうか奥まで」

朱里が言い、モグモグと締め付けてきた。

彼もヌメリに合わせてズブズブと根元まで押し込んでいくと、尻の丸みが股間に密着して心地よく弾んだ。

「あう……、いいですよ。強く突いて構いません」

朱里が息を詰めて言い、自ら豊かな乳房を揉《も》みしだきはじめた。

虎太郎も、膣とは異なる温もりと感触を新鮮に味わいながら、小刻みに腰を突き動かしはじめた。

彼女も締め付けを緩《ゆる》め、次第に滑らかに動けるようになった。

さすがに入り口は狭いが、中は思ったより楽で、ベタつきもなく滑らかな感触だった。

「ああ、いい気持ち……」

朱里が喘ぎ、モグモグと収縮させながら、空いている陰戸にも指を這わせはじめた。淫水を付けた指の腹でクリクリとオサネを擦り、女はこのように手すさびするのかと彼の興奮は増した。

あまりの快感に気遣いも忘れ、いつしか股間をぶつけるように激しく動いてしまった。クチュクチュと摩擦音が聞こえ、尻には揺れるふぐりがヒタヒタとぶつかり、しかも彼女の指の動きに合わせ、ピチャクチャと淫らに湿った音まで響いてきた。

「い、いく……！」

たちまち虎太郎は二度目の絶頂に達して呻き、ありったけの熱い精汁をドクンドクンと底のない穴の奥に勢いよく注入した。

「あう、いい……！」

同時に朱里も呻き、ガクガクと狂おしい痙攣を開始した。あるいは肛門の快感ばかりでなく、オサネへの刺激も加わって気を遣ったのかも知れない。

中に満ちる精汁で、さらに動きがヌラヌラと滑らかになった。

虎太郎は初めての感覚の中、心置きなく最後の一滴まで出し尽くしていった。

満足しながら徐々に動きを弱めていくと、ヌメリと締め付けで、一物は自然に押し出されてきた。

ツルッと抜け落ちると、彼は何やら美女に排泄されたような興奮を覚えた。

丸く開いた肛門が一瞬粘膜を覗かせたが、みるみるつぼまって元の可憐な形に戻っていった。

ようやく朱里も割れ目から指を離し、余韻に浸る間もなくすぐにも身を起こしてきた。

「さあ、早く洗った方が良いです。もう湯殿も空いておりましょう」

寝巻を羽織って言うので、彼も急いで着ながら一緒に身を起こした。

部屋を出て二人で廊下を進むと、もう藩士たちはみな寝ているようだ。誰にも会わず湯殿まで行き、虎太郎は朱里と中に入った。

彼女は木の腰掛けに座った虎太郎の一物を甲斐甲斐《かいがい》しく洗ってくれ、

「ゆばりも出して、中を洗うために」

言うので、彼は回復を堪えながら懸命にチョロチョロと放尿した。

出し終えると朱里はまた湯を掛け、屈み込んでチロチロと鈴口を舐め回してくれた。

「あう……」

その刺激に、また彼自身はムクムクと勃起してきてしまった。

「もう一度ですか。これが済んだら大人しく寝るのですよ」

朱里が言い、彼を湯殿のふちに座らせて股を開かせ、彼女は座ったまま顔を寄せて亀頭にしゃぶり付いてくれた。

幹を締め付けて吸い、口の中では長い舌がからみつき、さらに指先がふぐりをくすぐり、たちまち彼は絶頂を迫らせていった。

何しろ淫法の手練れが、容赦ない技巧と愛撫を駆使しているのである。しかも豊かな胸の谷間に肉棒を左右から挟んで揉んでくれた。

「ああ、気持ちいい……」

彼が快感に喘ぐと、朱里は顔を前後させ、濡れた口でスポスポと強烈な摩擦を開始してくれた。

やはり茜よりも一日《いちじつ》の長があり、その吸引と摩擦、舌の蠢きで、たちまち虎太郎は三度目の絶頂に達してしまい、

「く……！」

呻きながら熱い精汁を勢いよくほとばしらせてしまった。

「ンン……」

噴出を受けると朱里が小さく声を洩らし、さらに上気した頰をすぼめてチュー

ッと強く吸い出してくれたのだ。

「あう、すごい……」

まるで魂《たましい》まで抜き取られるような快感に彼は喘いだ。まるでふぐりから直《じか》に精汁が吸い出されているようだ。

だから美女の口を汚《けが》すと言うより、彼女が好んで貪り尽くしている感じで、彼は最後の一滴まで吸い取られ、グッタリと力を抜いた。

彼女も口に溜まった精汁をゴクリと飲み込み、口を離すと幹を指でしごき、鈴口に膨らむ余りの雫まで丁寧に舐め取ってくれたのだった。

「も、もういいです、有難うございました……」

虎太郎は腰をよじりながら言い、ヒクヒクと過敏に幹を震わせた。

「ああ、三度目なのに濃くて多い……」

ようやく舌を引っ込めた朱里が言い、もう一度湯を掛けてくれたのだった。

五

（ああ、朝か……）

夜明け前、虎太郎は目を覚ました。昨夜は、あれから深い眠りに落ちてしまったが、今朝あらためて昨日のことを思い出すと、あまりに様々なことがあって頭の整理が追いつかないほどだった。

姫君の江戸行きに加わり、千代姫のゆばりの匂いを味わい、朱里と茜の母娘による山賊退治、夜には、前日の茜に続き母親の朱里とも濃厚な情交に耽《ふけ》ることが出来たのである。

しかも男では自分一人無傷で、山賊を全滅させた立役者となってしまった。

全ては、茜と交わったことが幸運を招いたのだろう。

虎太郎は起きて皆と朝餉を済ませ、着替えた一行は夜明けとともに取手の宿を出立した。

ひたすら水戸街道を南下し、我孫子の宿を越え、小金で昼餉の休息。

虎太郎は、やはり千代に望まれて、朱里とともに乗物の左右を歩いた。

次第に江戸が近づくにつれ、行き交う行商人や人家、茶店などの数も格段に増えていった。

一行が通るたび、百姓町人たちが膝を突いて頭を下げた。

しかし十人足らずで、しかも若侍の大部分は腕や頭に晒しを巻いているので、ずいぶん奇妙に映ったことだろう。

やがて松戸の宿を越えると、陽が傾く頃には新宿に着き、一行は宿に入った。

もう江戸は目と鼻の先で、千住を越えれば明日の昼過ぎには江戸藩邸に着くことだろう。

新宿の旅籠《はたご》で荷を解き、一同は夕餉と風呂を終えた。

さすがに取手以上の賑《にぎ》わいがあり、日が落ちてからも町々に火が灯《とも》っていた。

もちろん人手が多くても、奈緒は周囲の警護を怠らずに見回っていた。

朱里の薬草のおかげで斬られた傷も痛まなくなり、動きも以前に近づいてきたようである。

その奈緒が、寝ようとしていた虎太郎の部屋を訪ねて来たのである。

警護は動ける者たちに任せ、彼女は寝しなの入浴の前に話したいことがあったようだ。

何しろ江戸藩邸へ行ってしまったら、あまり二人で話せるような余裕がなくなるかも知れないと思ったのだろう。

「少し、よろしいですか」

「はい、こんな格好で失礼いたします」

言われて、寝巻姿の虎太郎が答えると、彼女は大刀を右に置いて座した。

奈緒は、年下の藩士には男言葉で話しかけるのが常なのだが、虎太郎に対しては敬意を持って口を開いていた。

いつもの行燈袴に絢爛《けんらん》たる男装、長い髪を眉が吊るほど後ろに引っ詰め、化粧気のない顔と濃い眉、切れ長の目が魅惑的だった。

旅籠の周囲をずっと歩き回っていたようで、奈緒が部屋に入ってきただけで甘ったるい匂いが生ぬるく濃厚に立ち籠めはじめた。彼は何度となく妄想でお世話になった奈緒を前に、激しく胸を高鳴らせた。

「私は虎太郎殿と今まで、稽古をしたことがありますか。どうにも思い出せないのですが……」

奈緒が、正面からじっと虎太郎を見つめながら訊いてきた。

「ずっと以前、ほんの一、二度でしたが稽古をつけて頂きました。むろん苦もなく叩きのめされましたが」

「左様ですか。申し訳ないが覚えておりません」

「私は洗濯と掃除、薪割《まきわ》りなどの雑用が主な役目ですので、たまに稽古に出ても山淵様に苛《いじ》められるだけでしたので」

「しかし、その虎太郎殿が七人の曲者を屠ったのですから……」

奈緒は、それほどの腕があれば、自分の記憶に残っていなければならず、どうにも納得がいかないようだった。

「突きが得意とか」

「は、はあ、父と祖父に教わりましたが、稽古で突きは危ないので技を出さぬよう言いつけられておりました」

「なるほど……」

言うと奈緒も、やや得心がいったようだ。

「それにしても、七人を相手に……。突きなど叩き落とされましょうに」

「それも、誰もいない山だったので、品のない攻撃をしました」

「というと？」

「足で土を蹴上げたり左手では石を投げたり、死にたくない一心で見苦しい戦いをし、気づけば皆が斃《たお》れていたのです……」

虎太郎は心苦しいまま、尤《もっと》もらしいことを言った。

「確かに、合戦場ではそうした戦いになると聞き及ぶので、姫を奪われた不覚に比べれば、別に見苦しいとは思いません。それにしても、人は見かけによらぬと言うが、かすり傷一つ負わないのは見事としか言いようがなく、私は今まで全く見る目がありませんでした」

「お、恐れ入ります……」

「とにかく剣術指南役ではなく、家老の娘として礼を申し上げます」

奈緒は言って頭を下げ、

「い、いえ、そんな……」

虎太郎も曖昧《あいまい》に頷いただけだった。

やがて奈緒は話を終えたように小さく嘆息し、さらに意を決して本題に入るように身を乗り出したた。

「そこでお願いがあります」

「はい、何でしょうか」

「私の初物をもらって頂けませぬか」

「え……？」

言われた虎太郎は、しばし理解するのに間があった。

どうやら彼女は二十五歳にしてまだ生娘であり、今まで自分より強い男しか関心がなかったのだろう。

むろん茜のように張り形の経験もないだろう。それが急に、自分と藩の危急を救った虎太郎に熱い思いを抱きはじめたようだった。

「お嫌なら諦《あきら》めます」

「い、嫌だなどと……。奈緒様はずっと私の憧れの方でしたから……」

彼が言うと奈緒は顔を輝かせた。

「承知して下さるのですね。ならば急いで身体を拭いて参ります」

拭くと言うからには、やはりまだ傷が完治していないから湯には浸かれないのだろう。

「お、お待ちを……」

腰を浮かせた奈緒を、彼は押しとどめた。

「何か」

「私も初めてですので、憧れの奈緒様のありのままの匂いを知りたいので、どうかそのままで」

虎太郎は無垢《むく》なふりをし、熱烈に言った。

「そ、そんな……。ゆうべも入浴はせず拭いただけなのに……」

「どうかお願い致します」

深々と頭を下げて懇願《こんがん》しながら、虎太郎は興奮と期待に痛いほど股間が突っ張ってきてしまった。これも、最初に茜と交わったことによる幸運の一つなのだろうと思った。

すると、奈緒も諦めが付いたように小さくほっと息を吐いた。自分から無理を言っていると思っているようで、ここで虎太郎の意に反したら願いが叶《かな》わぬと思ったのかも知れない。

「分かりました。ではこのままで……。でも急に、汗臭いから洗ってこいなどと言われても、もはや後には引けませんよ」

奈緒が頷き、生来の気の強さを垣間《かいま》見せて言った。

「はい、そのようなことは言いませんので。では脱ぎましょうか」

虎太郎は胸を高鳴らせて言い、自分から寝巻の帯を解きはじめた。

すると奈緒も脇差を鞘ぐるみ抜いて隅に置き、立ち上がって袴の前紐《まえひも》を解き、手早く脱ぎはじめていった。

袴を脱ぎ去ると、あとはためらいなく、衣擦《きぬず》れの音とともにさらに濃厚に甘ったるい匂いが漂った。

そして彼女は足袋《たび》と襦袢《ジュバン》を脱ぎ去り、男のような下帯も取り去ると、一糸まとわぬ姿で布団に横たわっていったのだった。

第三章　女武芸者の熱き蜜汁

一

「どうか、どのようにでも……」

全裸で仰向けになった奈緒が、神妙に身を投げ出して言う。

虎太郎も全て脱ぎ去り、やや緊張気味に身を強《こわ》ばらせている奈緒に迫った。

やはり剣術と違い、初の体験となると平常心ではいられず、張りのある乳房が震えるように息づいていた。

見ると、さすがに肩や二の腕は筋肉が発達し、乳房はそれほど豊かではなく、腹にも筋肉が段々になっていた。太腿も実に引き締まって逞《たくま》しいが、左の腿に巻かれた晒《さら》しが痛々しい。

長身のため脚は長く、全身に力が漲《みなぎ》っているようだ。

それでも朱里や茜は全く筋肉が窺《うかが》えなかったので、実はその方が、見るからに逞しい奈緒より恐ろしいのかも知れない。母娘《おやこ》は限りない力や技を、その柔肉で覆《おお》い隠しているのだろう。

もう堪《たま》らず、虎太郎は覆いかぶさって桜色の乳首にチュッと吸い付き、舌で転がした。

「く……！」

奈緒が小さく呻《うめ》き、ビクリと全身を硬直させた。

同じ生娘《きむすめ》でも淫法の鍛錬に明け暮れてきた十八歳の茜とは違い、二十五歳の奈緒の反応は実に初々《ういうい》しかった。

やはり剣一筋に生きると公言していても、内心は熟れた肉体を持て余し、言いようのない淫気や好奇心を抱えていたのだろう。ただ、たまたま彼女の意に沿う男が現れなかっただけである。

虎太郎が指も使いながら両の乳首を愛撫していると、

「か、嚙んで……」

奈緒が息を詰めて言う。やはり日頃から激しい稽古《けいこ》を好んでいるから、くすぐったいような微妙な愛撫より、痛いぐらいの刺激が欲しいようだ。

虎太郎も、そっと前歯で乳首を挟み、コリコリと刺激してやった。

「アア……、いい気持ち。もっと強く……」

奈緒がクネクネと身悶《みもだ》えながらせがんだ。

彼もやや力を込めながら左右の乳首を舌と歯で愛撫し、さらに逞しい腕を差し上げ、腋《わき》の下にも鼻を埋《うず》め込んでいった。

生ぬるく湿った腋毛には、何とも甘ったるく濃厚な汗の匂いが籠もり、悩ましく鼻腔《びこう》が刺激された。

「あう……、恥ずかしい……。汗臭いでしょう……」

「いえ、大好きな奈緒様の匂いですので」

声を震わせる奈緒に答え、彼は充分に胸を満たしてから、汗の味のする肌を舐め下りていった。

段々の浮かぶ腹を舐めて臍《へそ》を探り、ピンと張り詰めた下腹にも顔を押しつけると心地よい弾力が返ってきた。そして腰から長い脚を舐め下りていくと、脛《すね》にはまばらな体毛があり野趣溢《あふ》れる魅力が感じられた。

奈緒はすっかり朦朧《もうろう》となって身を投げ出していたが、虎太郎が足裏に回り込んで舌を這わせると、さすがにビクリと身じろいだ。

「あう、何を……！」

奈緒が咎《とが》めるように言う。

武士が女の足裏を舐めるなど考えられないのだろう。

「どのようにでもと仰《おつしや》ったので、思いのままに味わっております」

虎太郎は、大きく逞しい足裏を舐めながら答えると、彼女も確かに言ったことを思い出し、武士に二言はないという風に抵抗を止《や》めてくれた。

足指も太くしっかりとし、鼻を押しつけて嗅《か》ぐと指の股は生ぬるい汗と脂《あぶら》にジットリ湿り、蒸《む》れた匂いが濃く沁み付いていた。

憧《あこが》れの女丈夫《じょじょうふ》の足の匂いで胸を満たし、彼は爪先にしゃぶり付いて全ての指の股に舌を割り込ませて味わった。

「く……！　駄目……」

奈緒が息を詰めて呻き、彼の口の中で唾液に濡れた指先を縮めた。

虎太郎は両足とも、指の股の味と匂いを貪《むさぼ》り尽くすと、彼女を大股開きにさせて脚の内側を舐め上げていった。

白い内腿もムッチリと張りがあって滑《なめ》らかで、もう片方の腿に巻かれた晒しも解き放ってしまった。

どうせあとで身体を拭けば、晒しを交換するだろう。巻かれていた部分は生ぬるく汗ばみ、すでに裂けた肌は塞《ふさ》がって桃色の傷跡が印されていた。

何度も換えて拭いているのか、舐めても薬草の味や匂いはなく、傷口の凹凸《おうとつ》が新鮮な舌触りだった。

「あう……」

「痛みますか」

「いえ、少しくすぐったい……」

奈緒が答えた。やはりずっと覆われているから蒸れて敏感になっているのだろう。やがて虎太郎は左右の内腿を舐め、股間に顔を迫らせた。

見ると恥毛が程よい範囲に茂り、割れ目からはみ出す花びらはネットリとした大量の蜜汁にまみれていた。

指で陰唇を左右に広げると、息づく無垢《むく》な膣口からは白っぽい淫水が滲《にじ》んでいた。そして何より目を惹《ひ》くのが、包皮を押し上げるようにツンと突き立った、親指ほどもある大きなオサネだった。

どうやらこれが、彼女の男っぽい力の源のようだ。

「アア、そんなに見ないで。どうか早く入れて下さいませ……」

股間に彼の熱い視線と息を感じ、奈緒がヒクヒクと下腹を波打たせて喘《あえ》いだ。

やはり、すぐにも挿入するというのが、家老の娘として学んできた情交なのだろう。

もちろん挿入など、最後の最後である。

彼は顔を埋め込み、柔らかな茂みに鼻を擦《こす》りつけて嗅ぎ、蒸れた汗とゆばりの匂いでうっとりと鼻腔を満たした。

そして舌を挿《さ》し入れ、熱い潤《うるお》いを味わいながら無垢な膣口をクチュクチュと掻き回し、大きなオサネまで舐め上げていくと、

「あう……。な、何を……」

奈緒が呻き、内腿でキュッときつく彼の顔を挟み付けてきた。

虎太郎は濃厚な匂いに噎《む》せ返りながら、もがく腰を抱え込んで押さえ、執拗《しつよう》にチロチロと舌で弾くようにオサネを刺激した。

そしてチュッと吸い付き、乳首にしたようにそっと前歯で挟み、クリクリと刺激してやると、

「アア……、それ。もっと……!」

奈緒が声を上ずらせ、内腿に力を込めた。

さらに手を伸ばして彼の顔に触れ、本当に陰戸《ほと》を舐めているのを確認したように、熱い淫水の量を増していった。

彼はオサネを刺激しては、味と匂いに酔いしれ、さらに奈緒の両脚を浮かせると引き締まった尻に迫っていった。

谷間の蕾《つぼみ》は、何と枇杷《びわ》の先のように僅《わず》かに突き出て盛り上がり、何とも艶《なま》めかしい形をしていた。あるいは毎日のように激しい稽古で力んでいるせいかも知れない。

鼻を埋め込んで嗅ぐと、蒸れた汗の匂いに生々しい成分も混じり、悩ましく鼻腔を掻き回してきた。憧れの美女の恥ずかしい匂いを充分に嗅いでから、彼は舌を這わせて濡らし、ヌルッと潜り込ませていった。

「あう……！」

奈緒が呻き、キュッときつく肛門で舌先を締め付けてきた。

虎太郎は滑らかな粘膜を舐め回し、微妙に甘苦い味わいを探った。

ようやく脚を下ろし、再び陰戸に戻ると大洪水になっている蜜汁をすすり、オサネにも強く吸い付いていった。

そして指を膣口に入れ、内壁を摩擦しながら奥まで潜り込ませていった。

やはり張り形など体験していなくても、二十五歳の中年増《ちゅうどしま》となっていればきつい感覚はなく、潤いも充分すぎるほどだった。

「だ、駄目、いく……。アアーッ……！」

たちまち奈緒が粗相《そそう》したように淫水を漏らし、身を反り返らせて喘いだ。

どうやら気を遣《や》ってしまったらしく、それだけ今まで自分でオサネを慰めてきたのだろう。頑丈な体を持っているのだから淫気が溢れ、自分でするのも当たり前のことである。

「も、もう堪忍《かんにん》……」

なおも舐めていると奈緒が哀願するように言い、彼の顔を股間から追い出しにかかった。相当敏感になっているようで、虎太郎も這い出して彼女に添い寝していった。

そして唇を重ね、舌を挿し入れて滑らかな歯並びを舐めながら、彼女の手を握って一物《いちもつ》に導いた。

「ンン……」

奈緒が苦しげに熱く鼻を鳴らし、手のひらに肉棒を包み込んできた。

熱い息で鼻腔を湿らせながら、虎太郎は彼女の愛撫に身を委ねた。

奈緒もニギニギと一物を愛撫し、ようやく歯が開かれたので、彼も幹を震わせながら舌を挿し入れ、ネットリと絡《から》み付かせていった。

生温かな唾液に濡れた舌が滑らかに蠢《うごめ》き、彼はうっとりと堪能しながら美女の唾液をすすってヒクヒクと幹を震わせた。

二

「アア……、これが入るの……？」

唇を離し、奈緒がなおも指を蠢かせながら喘いだ。

虎太郎は、彼女の口に鼻を押しつけ、熱く湿り気ある吐息を嗅いだ。

それは花粉のような刺激を含み、うっとりと胸を満たしてきた。

やがて彼が仰向けになって身を投げ出すと、奈緒もそろそろと身を起こして顔を移動させていった。

大股開きになると彼女は真ん中に腹這い、股間に顔を寄せてきた。屹立《きつりつ》して震える幹に熱い視線を注ぎ、指で幹を撫《な》で、張り詰めた亀頭にも触れた。

そしてふぐりをいじって二つの睾丸《こうがん》を確認し、袋をつまみ上げて肛門の方まで覗《のぞ》き込んでから、再び肉棒に迫った。

「これが、男のもの……」

奈緒は呟《つぶや》き、慈《いつく》しむように幹を撫で回した。

「入れていいですか……」

「ええ、その前に先っぽを唾《つば》で濡らして下さい」

言うと、奈緒はじっと一物を見つめ、やがて顔を寄せてきた。

幹に指を添えながらチロリと舌を出し、粘液の滲む鈴口《すずぐち》に触れてくれた。

「ああ、気持ちいい……」

虎太郎が快感に喘ぐと、さらに奈緒がチロチロと亀頭を舐め回した。

やはり彼女は女らしく受け身になるよりも、自分から積極的に行動する方が性に合っているようで、しかも相手が悦《よろこ》んでいるので、さらに念入りにしゃぶりはじめてくれた。

「深く入れて下さいませ……」

彼が快感に任せて言うと、奈緒も丸く開いた口でスッポリと喉の奥まで呑み込み、幹を締め付けて吸いはじめた。

生温かく濡れた口の中に根元近くまで含まれ、虎太郎は幹を震わせた。

熱い鼻息が恥毛をくすぐり、中ではクチュクチュと舌が蠢いて、たちまち彼自身は憧れの女丈夫の唾液に温かくまみれた。

思わずズンズンと股間を突き上げると、

「ク……」

喉の奥を突かれた奈緒が小さく呻き、さらに多くの唾液を溢れさせながら、自分も顔を上下させスポスポと濡れた口で摩擦してくれた。

ぎこちなく、たまに歯が当たるのも新鮮な刺激となり、彼はジワジワと絶頂を迫らせていった。

「い、いきそう……」

虎太郎が高まって口走ると、奈緒もスポンと口を引き離した。

「じゃ上から跨《また》いで入れて下さいませ」

言うと、彼女も身を起こして前進してきた。そして彼の股間に跨がり、唾液に濡れた先端に陰戸を押し当ててきた。

自ら指で陰唇を広げ、意を決したように息を詰めると、ゆっくり腰を沈み込ませ、膣口に一物を受け入れていった。

「アアッ……！」

奈緒が顔を仰《の》け反《ぞ》らせて喘ぎ、肉棒はヌルヌルッと滑らかに根元まで嵌《は》まり込んだ。彼もきつい締め付けと熱いほどの温もり、大量の潤いと温もりに包まれて快感を嚙み締めた。

ピッタリと股間が密着すると、彼女は虎太郎の胸に両手を突っ張り、上体を反らせ気味にしながらキュッキュッと味わうように締め付けてきた。

彼が両手を回して抱き寄せると、奈緒もゆっくり身を重ねてきた。

虎太郎が両膝を立てて尻を支え、下からしがみつくと胸に張りのある乳房が密着して弾んだ。

「痛いですか」

「少し……。でも嬉《うれ》しい……」

訊《き》くと、上から覆いかぶさりながら奈緒が答えた。

「動くので、無理だったら仰って下さいね」

虎太郎は言って、様子を見ながらズンズンと小刻みに股間を突き上げはじめた。

彼も無垢と言いつつ、かなり主導権を握ってしまっているが、奈緒は夢中で気づかないようだ。

「アア……、いい気持ち……」

奈緒が熱く喘ぎ、潤いで動きが滑らかになっていった。

やはり二十歳《はたち》前の生娘と違い、指を入れるような手すさびもしていたようで、破瓜《はか》の痛みも最初のうちだけだったようだ。

元より奈緒は痛いぐらいの刺激の方を好むので、次第に彼女も突き上げに合わせて腰を動かしはじめていった。

虎太郎も心地よい摩擦と締め付けに高まり、下から唇を重ねては舌をからめ、奈緒の吐息に含まれる花粉臭の刺激でうっとりと鼻腔を満たしながら突き上げを強めていった。

もう堪らず、虎太郎が奈緒のかぐわしい口に鼻を擦りつけると、彼女も舌を這わせ彼の鼻にしゃぶり付いてくれた。

唾液のヌメリと息の匂いに、とうとう彼は摩擦の中で昇り詰めてしまった。

「い、いく……！」

絶頂の快感に口走りながら、熱い大量の精汁をドクンドクンと勢いよくほとばしらせると、

「あ、熱い……。もっと……！」

奈緒も噴出を感じて高まったように声を上ずらせ、ガクガクと小刻みな痙攣《けいれん》を開始したのだ。本格的に気を遣ったわけではなさそうだが、この分ではすぐに大きな絶頂が得られることだろう。

虎太郎は全身を貫く激しい快感を嚙み締め、心置きなく憧れの奈緒の中に最後の一滴まで出し尽くしていった。

すっかり満足しながら徐々に突き上げを弱めてゆくと、

「アア……」

奈緒も声を洩らし、全身の強ばりを解いて力を抜き、グッタリと彼にもたれかかってきた。まだ息づくような膣内の収縮が続き、彼自身はヒクヒクと過敏に幹を跳ね上げた。

そして彼は重みと温もりを受け止め、濃厚な吐息を嗅ぎながら、うっとりと快感の余韻に浸り込んでいったのだった。

しばし重なったまま、荒い呼吸を混じらせてじっとしていたが、やがてそろそろと奈緒が股間を引き離し、移動して一物に屈《かが》み込んできた。

「これが精汁……？　乳のような色……」

奈緒が近々と顔を寄せ、淫水と精汁にまみれた亀頭を嗅いだ。

「生臭いが、嫌ではない……」

彼女は言い、雫《しずく》を宿す鈴口にチロリと舌を這わせてきた。

「あう……」

刺激に虎太郎は呻いたが、奈緒は亀頭を含んで吸い付き、ヌメリをすするように舌を這わせてきた。

「ど、どうか、もう……」

虎太郎がクネクネと腰をよじらせて言うと、奈緒も味見しただけですぐに口を離してくれた。

「なるほど、気を遣ったあとは私もしばし触れられたくない心地になる」

奈緒が言い、身を起こして襦袢《ジュバン》を羽織った。

「ね、一緒に湯殿に。もう誰も寝静まっているでしょう」

「ええ……」

言われて、虎太郎も身を起こして寝巻を着た。

「父は、もう私の婿《むこ》取りを諦《あきら》め、他から養子を迎える算段をしているのです」

「そうなのですか……」

「だから、私が三友家へ嫁《か》すことは叶《かな》います」

「え……」

虎太郎は驚き、帯を締めている手を止めて彼女を見た。

どうやら奈緒は、情交した以上一緒になるつもりのようだ。

それほど彼女にとって、肌を許すとは今後の運命を定めるほど重いことだったのだろう。

「お嫌ですか。ずいぶん年上ですし」

「い、嫌などとんでもありませんが、奈緒様とは身分が違いすぎます。私は最も下っ端の雑用で……」

「私も一緒に働きましょう。国許へ戻るまでに、お心を決めて下さいませ」

奈緒が言い、大小を抱えて立ち上がったので、虎太郎も一緒に部屋を出た。

彼女は途中、自分の部屋に大小と着物や袴《はかま》を置き、襦袢姿で暗い廊下を進んで湯殿に入った。

再び全裸になり、残り湯を浴びて糠袋《ぬかぶくろ》で擦った。もちろん奈緒は腿の傷を気遣《きづか》い、虎太郎が背中を流してやった。

湯に濡れた奈緒の肌を見るうちにも、彼自身はムクムクと回復していった。

夫婦《めおと》になることが大きく胸を占めているが、嫌な気持ちではない。

もう山賊《さんぞく》の脅威もないし、国許へ戻って共に暮らせば、庭で剣術の稽古をすることもないだろう。

(父の国家老が聞いたら、どんなに驚くことか……)

虎太郎は思い、夢のような展開に胸がいっぱいになったが、それとは別に、新たな淫気がムラムラと湧いてしまったのだった。

三

「どうか、ゆばりを出して下さい」

虎太郎は簀《す》の子《こ》に座って言い、奈緒を目の前に立たせた。

「出して、どうするのです……」

「大好きな奈緒様の出したものだから、少しで良いから飲んでみたいのです」

「そ、そのようなもの、飲むものではありません……」

奈緒は尻込みしながらも、まだ快楽の余韻に息を弾ませていた。

「戦場で彷徨《さまよ》い、水がないときはゆばりを飲むと聞きますので、決しておかしなことではないと思いますので」

彼は言い、奈緒の片方の足を浮かせて風呂桶《ふろおけ》のふちに乗せ、開いた股間に顔を埋めた。

茂みに籠もる匂いの大部分は薄れてしまったが、それでも割れ目を舐めると新たな淫水が溢れて舌の動きが滑らかになった。

「アア……。本当に、出して良いのですか……」

奈緒も熱く喘ぎ、そろそろ尿意も高まってきた頃らしい。それに戦場の習わしといわれると、何も出来なかった自分より虎太郎の方がずっと上のように思い、言いなりになってくれるようだった。

大きなオサネに吸い付き、舌を這わせるうち彼女の膝がガクガクと震え、割れ目内部の柔肉が蠢いて味わいが変化した。

「あう、出る……」

奈緒が息を詰めて言うなり、チョロチョロと熱い流れがほとばしってきた。

虎太郎は舌に受けて味わい、夢中で喉に流し込むと、甘美な悦びが胸いっぱいに広がった。

「アア、このようなことをするなんて……」

奈緒は声を震わせながらも、勢いを増して彼の口に注ぎ続けた。

口から溢れた分が肌を心地よく伝い流れ、すっかり回復している一物が温かく浸された。

やがて勢いが衰えると流れは治まり、彼は残り香の中で余りの雫をすすり、温かく濡れた割れ目内部を舐め回した。

「く……、もう駄目……」

オサネを舐められ、ビクリと反応した奈緒は言って足を下ろし、そのまま腰掛けに座り込んでしまった。

虎太郎はもう一度湯を浴び、勃起した肉棒を持て余して彼女ににじり寄った。

「どうか、もう一度精汁を出したいのですが。指で構いませんので……」

彼は言って興奮に幹を震わせた。

いかに快楽を得ようとも、生娘に二度の挿入は酷だろうし、彼女はまだ仮眠を取ってから千代の警護を続行する気なのである。

「指で、どのように？」

「では、まずこうして下さい」

虎太郎は簀の子に腰を下ろしたまま迫り、腰掛けに座っている奈緒の前で股を開き、彼女の両足首を摑《つか》んで足裏で肉棒を挟んでもらった。

大きく逞しい足裏で錐揉《きりも》みにされると、長い脚が菱形《ひしがた》に開いて丸見えの陰戸も艶めかしかった。

「アア、変な気持ち……。旦那《だんな》様になる方の大切なものを、両足で挟むなど」

奈緒も熱く息を弾ませ、一物を挟んだ両足を動かしてくれた。

やがて彼が風呂桶のふちに座って股を開くと、彼女も腰掛けごとにじり寄って、今度は両手で肉棒を挟んで動かしはじめた。

虎太郎は愛撫を受けながら奈緒の顔を上向かせ、唇を重ねてネットリと舌をからめた。

「ンン……」

奈緒も熱く鼻を鳴らして舌を蠢かせ、両掌《てのひら》と指で一物を刺激してくれた。

「唾を出して下さい……」

彼が言うと、奈緒もことさら大量に唾液を溜め、口移しに送り込んでくれた。たまに指の動きが止まると、せがむようにヒクヒクと幹が上下し、また愛撫が再開された。

虎太郎は生温かく小泡の多い唾液を味わい、うっとりと喉を潤しながら、ジワジワと絶頂を迫らせていった。

さらに彼女の口に鼻を押し込み、花粉臭の刺激を胸いっぱいに嗅ぎながら高まると、

「い、いきそう……」

虎太郎は顔を離して口走った。

「今度は、私が飲んでみたいです。出るところも見たい……」

すると奈緒が言い、先端にしゃぶり付き、スッポリ含んで吸い付いてきた。

虎太郎が唾液やゆばりを飲むので、自分も彼から出るものを取り入れたくなったようだ。

奈緒は顔を前後させ、濡れた口でスポスポと強烈な摩擦を開始した。

無心におしゃぶりする彼女を見下ろし、数日前までは考えられない展開に虎太郎は感激とともに絶頂に達してしまった。

「いく……。気持ちいい……！」

彼は快感に口走り、ありったけの熱い精汁をドクンドクンと勢いよく奈緒の口の中にほとばしらせた。

「ンン……」

喉の奥を直撃され、彼女は呻きながら歯を当てぬよう摩擦と吸引を続行した。

さらに口を離して鈴口の下をチロチロと舐め、指で幹とふぐりを微妙に愛撫してくれた。

余りの精汁がピュッと噴出し、奈緒の鼻筋から瞼《まぶた》まで容赦《ようしゃ》なく降り注いだ。きりりとした美しい顔が白濁《はくだく》の粘液にまみれ、涙のように頬を伝い流れ、淫らに顎《あご》から糸を引いて滴《したた》った。

何と艶めかしい眺めであろう。彼女は噴出を目撃すると、再び亀頭を含んで余りを吸い出してくれた。

虎太郎は畏《おそ》れ多いほどの禁断の快感を噛み締め、心置きなく最後の一滴まで出し尽くしてしまった。

「アア……」

声を洩らして力を抜くと、もう出なくなったと知った奈緒も動きを止め、亀頭を含んだまま口に溜まった精汁をゴクリと一息に飲み込んでくれた。

「く……」

締まる口腔に、駄目押しの快感を得た彼は呻いた。

奈緒もようやく口を離し、なおも両手で幹を挟んで動かしながら、鈴口に膨《ふく》らむ余りの雫までチロチロと丁寧に舐め取ってくれたのだった。

「あうう、も、もういいです。有難うございました……」

虎太郎は過敏にヒクヒクと幹を震わせて言い、彼女もやっと舌と指を離してくれた。

「すごい勢い……」

奈緒は呟き、精汁にまみれた顔と指を洗った。虎太郎は充分に余韻を味わい、呼吸を整えてからもう一度湯を浴び、一緒に湯殿を出た。

互いに体を拭き、奈緒の背も拭いてやると、彼女は手早く襦袢だけ着け、自分の部屋に戻った。一緒に部屋に入ると、奈緒は朱里にもらった薬草を塗って布を当て、晒しを巻いた。

虎太郎も手伝って縛ってやると、奈緒はまた着物と袴を着け、脇差を帯びて大刀を手にした。

「では、私は姫様の部屋へ戻ります。そろそろ朱里様と交代しないと」

奈緒は言い、千代の部屋へと立ち去っていった。男装に戻ると、もう未練げもなく職務に専念しはじめたようだ。

もちろん奈緒は、朱里のことは単なる千代の世話係の乳母《うば》と思い込み、素破《すっぱ》の手練《てだ》れということは知らないだろう。

やがて寝巻姿の虎太郎も自分の部屋に戻り、行燈《あんどん》を消して布団に横になった。

(本当に、一緒になれるのだろうか……)

彼は奈緒との婚儀を思い、また胸がいっぱいになった。

家老の重兵衛は、恐らく奈緒の我儘《わまま》を許すことだろう。

そもそも婿など取らぬと言い張って、剣一筋に生きてきた彼女を許してきたのである。

もし婚儀が実現したら、さすがに雑用ではなく何らかの役職に就《つ》かされるだろう。あとは、虎太郎が職務に邁進《まいしん》し、剣の化けの皮が剝《は》がれなければ良いだけのことだ。

それにしても、誰も彼も驚くだろうと思った。特に、まだ嫁の決まらぬ一馬は身悶えるほどに悔《くや》しがることだろう。

もちろん憧れの奈緒と一緒になれる歓びは大きいが、まだまだ朱里と茜母娘に未練がある。

それは今後とも、追い追い考えてゆけば良いことだろう。

さすがに今日も多くのことがあり、あれこれ考える余裕もなく、間もなく虎太郎は深い眠りに落ちていったのだった。

四

「では間もなく江戸だ。気を緩《ゆる》めることなく、出立《しゅったつ》！」

やけに色艶《いろつや》の良い奈緒が生き生きと号令を掛け、夜明けとともに一行は新宿の旅籠《はたご》を出た。

やはり奈緒も、上から下から男の精気を吸い取り、身も心も充分に満たされているようだ。

そして手負いの藩士たちも二晩を宿で過ごし、昼過ぎには江戸藩邸と思うと、心なしか足取りも軽いようだった。

だがこの中の誰も、虎太郎と奈緒の関係を知らないだろう。

そう思うと、彼は誇らしげな気分で、千代の乗物の脇を歩いた。

新宿を出て松戸の宿を過ぎて難なく一行が進むと、ようやく昼前には両国《りょうごく》に着いた。

（す、すごい……）

虎太郎は、その賑《にぎ》わいに目を見張った。

確かに、松戸を越えるあたりから賑やかになっていたが、さすがに江戸は他のどの宿場とも違って華やかだった。

大きな商家が軒《のき》を並べ、芝居小屋があるのか色とりどりの幟《のぼり》が立ち、行き交う人々も武士から町人、物売りから子供たちまでが、ぶつかるのではないかと思えるほどひしめき合っていた。

もちろん祭りというわけでもないだろうが、国許の祭りよりも賑やかであった。

「おやおや、どこのご家中か」

「満身創痍《まんしんそうい》じゃねえか。ご苦労なこったなあ」

街道筋と違い、雑踏の中ではそんな遠慮のない軽口も聞こえてくる。

やがて一行は神田にある田代藩、江戸屋敷へと到着したのだった。

すでに到着を待ちかねたように大門が開かれ、家臣たちが出迎え、奥には三十代半ばの藩主、田代頼政《よりまさ》と、江戸家老の杉田《すぎた》新右衛門《しんえもん》が立っていた。

姫に合わせたゆっくりの道中と違い、すでに早飛脚《はやびきゃく》が途中の惨事を報《しら》せていたのだろう。

「ご苦労。よくぞ姫を守って来てくれた」

頼政が重々しく言うと、新右衛門も、

「まずは昼餉《ひるげ》にし、あとは手当てをしてゆっくり休むが良い」

そう言い、一向は足を洗って広間へと参集した。千代は朱里とともに奥向きへと引っ込んだようだ。

江戸屋敷は、国許の陣屋敷に劣らぬほどの立派な建物である。

とにかく一同は遅めの昼餉を済ませると、割り当てられた各部屋へと入っていった。

虎太郎も大小を置いて荷を降ろし、袴を脱いで寛《くつろ》ぐことにした。

他の部屋では、藩士たちが傷の手当てをして、あとは夕餉と風呂までゆっくり過ごすことだろう。

連中の傷が癒《い》えたら、一行はまた国許へ戻るのだ。そこで虎太郎は道中、奈緒とよく相談をし、重兵衛に報告することになる。

それを思うと、胸が躍ると同時に不安も押し寄せてきた。山賊を全滅させた功労で、すぐにも重兵衛は婚儀を許すことだろうが、母娘の手柄を自分のものにした後ろめたさがどうにも付きまとう。

帰り道は姫もおらず、馬も荷もないので、大部分が手負いとはいえ身一つの男ばかりだから途中一泊の行程で帰参することになるだろう。

と、そこへ茜が入ってきた。

「奈緒様と深い仲になったようですね」

茜が悪戯《いたずら》っぽい笑みを浮かべて言う。やはり素破だけあり、旅籠で何があったかぐらい承知で、しかも彼女は、母親の朱里と虎太郎が交わったことまで知っているのではないか。

「ああ、奈緒様が私と所帯を持ちたいようなのだが……」

「良いことではありませんか。ご家老のお嬢様と一緒になれば役職も与えられ、もう庭で稽古することもないでしょうから」

「それは、そうなのだが……」

「母は姫様について江戸屋敷に残るので、私もそうしようと思っております」

茜が言う。してみると、もう国許で彼女たちの助けは得られないということである。

「一緒に戻れないとは、それは寂しいな……」

「大丈夫。所帯を持てば、もう嫌な連中がからんでくることもないでしょうし、あとはお役目を頑張りさえすれば」

茜の言うことが、恐らく一番正しいのだろう。

素破は陰で藩に仕えることが第一であり、手柄を表に出したいなどとは微塵《みじん》も思っていないのである。

それより虎太郎は、目の前にいる茜に言いようのない淫気を抱いてしまった。

何と言っても彼女は、自分にとって最初の女なのである。

すると、それを察したように茜が立ち、いきなり床を敷き延べてしまった。

「さあ、しばらくは誰も来ないでしょう」

茜は言うなり帯を解きはじめ、彼も激しく勃起しながら脱いでいった。

やがて一糸《いっし》まとわぬ姿になった茜が仰向けになったので、全裸になった虎太郎も彼女に迫った。

まずは茜の足裏に顔を埋め、舌を這わせはじめた。

そんなところから、と驚くこともなく茜はじっと身を投げ出し、好きにさせてくれた。

愛らしい爪先に鼻を押しつけて嗅ぐと、玄関の盥《たらい》でざっと洗っただけだから、まだ辛《かろ》うじて蒸れた匂いが感じられた。彼はしゃぶり付いて順々に指の股に舌を割り込ませ、汗と脂の湿り気を味わった。

「あう……」

茜が小さく呻き、ビクリと脚を震わせた。

虎太郎は両足とも味と匂いを貪り尽くし、茜を大股開きにさせて脚の内側を舐め上げていった。

白くムッチリと張りのある内腿をたどり、濡れている陰戸に顔を寄せた。

一昨日《おととい》の夜は母親の朱里を、そして今日は娘の茜を味わえるなど、何という幸せなことであろうか。

指で陰唇を広げると、数日前に生娘でなくなったばかりの膣口が襞を入り組ませて息づき、恥毛の丘に鼻を埋めると蒸れた汗とゆばりの匂いが悩ましく鼻腔を搔き回してきた。

虎太郎は嗅ぎながら、うっとりと酔いしれて舌を挿し入れ、淡い酸味の蜜汁を探り、膣口からオサネまで舐め上げていった。

「アア……！」

茜が顔を仰け反らせて喘ぎ、内腿でキュッと彼の顔を挟み付けた。

彼は執拗にオサネを舐めては匂いに鼻腔を刺激され、溢れる蜜汁をすすった。

さらに茜の両脚を浮かせ、白く丸い尻の谷間にも鼻を埋め、双丘に顔中を密着させて蕾に籠もる蒸れた匂いを貪った。

胸を満たしてから舌を這わせ、ヌルッと潜り込ませて滑らかな粘膜を探ると、

「く……」

彼女が呻き、モグモグと味わうように肛門で舌先を締め付けてきた。

いずれ茜も朱里のように、ここにも挿入してほしいと言ってくるのだろうか。

充分に中で舌を蠢かせてから、ようやく舌を引っ込めて脚を下ろし、再び濡れた陰戸に舌を這わせると、

「も、もう充分……」

茜が言って身を起こしてきた。

入れ替わりに虎太郎が仰向けになると、茜が移動して彼の股間に腹這いになって、脚を浮かせると自分がされたように尻の谷間を舐めてくれた。

「あう……、そんなところはいいのに……」

彼は申し訳ない快感に呻き、ヌルッと潜り込んだ茜の舌をキュッと肛門で締め付けた。

茜も大胆に舌を蠢かせ、熱い鼻息でふぐりを刺激した。

やがて脚が下ろされると彼女はふぐりを舐め回し、唾液でヌルヌルにしてから前進して、肉棒の裏側を舐め上げてきた。

滑らかな舌がゆっくり先端まで来ると、茜は舌先をチロチロと左右に蠢かせ、鈴口の僅かな下を刺激してくれた。

さらに粘液の滲む鈴口を探り、丸く開いた口でスッポリと喉の奥まで呑み込んでいった。

「ああ、気持ちいい……」

虎太郎は温かく濡れた口腔に深々と含まれ、快感に喘ぎながらヒクヒクと幹を上下させた。

茜は熱い鼻息で恥毛をそよがせ、幹を丸く締め付けながら吸い、満遍《まんべん》なく舌をからめて彼自身を唾液に浸してくれた。

「こ、こっちを跨いで……」

高まりながら虎太郎が言うと、茜も含んだまま身を反転させ、上から彼の顔に跨がってくれた。

彼も下から股間を引き寄せ、濡れた陰戸に口を付けて舌を這わせた。

「ンンッ……」

オサネに吸い付くと、茜も熱く呻き、チュッと強く亀頭を吸った。

しばし互いの最も感じる部分を吸い合っていたが、

「ゆ、ゆばりを出して……」

彼は口を離してせがんだ。どうにも、出たものを味わわないと気が済まなくなっているのだ。

仰向けだが、清らかな茜のものなら零《こぼ》さず飲み干せるだろうし、彼女も一気に出さず気遣ってくれることだろう。

やがて舐めているうち、中の柔肉が迫《せ》り出すように盛り上がり、味わいと温もりが変わってきた。

五

「あう、出る……」

茜が一物から口を離して言うなり、チョロチョロと熱い流れが虎太郎の口に注がれてきた。

やはりだいぶ控えめに出してくれ、彼は味わいながら噎せないよう気をつけ、うっとりと喉に流し込んでいった。

しかし、あまり溜まっていなかったようで、一瞬勢いが付いたが、間もなく流れは治まり、彼は一滴余さず飲み干すことが出来た。

二つ巴《どもえ》の体位のため、彼の目の上に尻の谷間が迫って桃色の蕾が息づき、全て出しきるようにキュッキュッと可憐《かれん》に収縮した。

「アア……」

茜が出しきると声を洩らし、プルンと尻を震わせてから、再び一物をしゃぶって唾液に濡らしてくれた。そして腰を浮かせて向き直り、

「いいですか、入れます」

茜が彼の股間に跨がって言った。

先端に割れ目を押し当て、ゆっくり腰を沈めていくと、彼自身はヌルヌルッと滑らかに根元まで呑み込まれていった。

「アアッ……、いい……」

茜が完全に座り込んで、顔を仰け反らせて喘いだ。ピッタリ密着した股間をグリグリ擦りつけながら、キュッキュッと味わうように締め付けてきた。

虎太郎も快感を味わい、両膝を立てて彼女の尻を支えながら、両手を回して抱き寄せていった。

彼は潜り込むようにして、茜の乳首にチュッと吸い付き、顔中で張りのある膨

らみを味わいながら舌で転がした。

左右の乳首を含んで舐め回し、生ぬるく甘ったるい匂いに包まれながら、締め付けと温もりを味わった。さらに腋の下にも鼻を埋め込み、湿った和毛《にこげ》に籠もる濃厚に甘ったるい汗の匂いに噎せ返った。

そして首筋を舐め上げ、可愛らしい唇を舐め回すと、茜もチロチロと舌をからめてくれた。

「唾を出して……」

囁《ささや》くと、彼女もトロトロと生温かな唾液を口移しに注いでくれ、虎太郎はうっとりと味わって喉を潤しながら、ズンズンと小刻みに股間を突き上げはじめていった。

「ああ……、いい気持ち……」

茜が口を離して熱く喘ぎ、自分も腰を動かしはじめた。

虎太郎は熱く湿り気ある吐息を間近に嗅ぎ、甘酸っぱい濃厚な果実臭で鼻腔を刺激されながら絶頂を迫らせていった。

「顔中舐めてヌルヌルにして……」

突き上げを強めながら快感に任せてせがむと、茜もたっぷりと唾液を垂らしながら舌で塗り付けてくれ、たちまち顔中が温かな唾液にまみれた。

「噛んで……」

さらに言うと、茜は綺麗な歯並びで彼の鼻の頭や唇、頬を痕《あと》が付かない程度に咀嚼《そしゃく》するようにモグモグと噛んでくれた。

彼は甘美な刺激に高まり、美少女に食べられているような感覚になった。

「い、いく……！」

たちまち虎太郎は唾液のヌメリと息の匂い、肉襞の摩擦と締め付けに口走り、激しく昇り詰めてしまった。

熱い大量の精汁がドクンドクンとほとばしり、奥深い部分を直撃すると、

「熱いわ、いく……。アアーッ……！」

噴出を感じた茜も声を上ずらせ、ガクガクと狂おしく痙攣しながら激しく気を遣った。収縮と潤いが増し、虎太郎は全身が吸い込まれる思いで心ゆくまで快感を噛み締め、最後の一滴まで出し尽くしていった。

満足しながら徐々に突き上げを弱めていくと、

「ああ……、前の時よりもっといい……」

茜も満足げに言いながら硬直を解いて力を抜き、グッタリと遠慮なく彼に身体

を預けてきた。

虎太郎は、まだ息づく膣内に刺激され、ヒクヒクと過敏に幹を跳ね上げた。そしてもたれかかる茜の熱い吐息を嗅ぎ、果実臭で鼻腔を満たしながら、うっとりと余韻を味わったのだった……。

――やがて陽が傾く頃、藩士たちは順々に入浴して身を清め、正装して再び広間に集合した。

正面に頼政、その左右には新右衛門と奈緒が座した。

「夕餉の前に、褒賞《ほうしょう》を授ける。三友虎太郎」

いきなり藩主に名を呼ばれ、虎太郎はビクリと顔を上げた。

「そちか。近《ちこ》う」

言われて虎太郎は膝行《しっこう》し、頼政の前まで行って平伏した。

「千代を救い出したる功績、天晴《あっぱ》れである。それに祝いも兼ねておる」

頼政が、袋に入った脇差を差し出すと、「祝い？」と藩士たちが微《かす》かにざわめいた。

「ああ、奈緒から申し出があり、国許で虎太郎と祝言《しゅうげん》を挙げることとなった。余が許し、重兵衛には文《ふみ》を出しておく」

藩主の言葉に静かな響《どよ》めきが上がったが、主君の前なので一同もすぐ静かになった。

どうやら奈緒は、頼政に言上《ごんじょう》し、国許へ戻る前に許可を得てしまったようで、これで祝言は決定のこととなった。その奈緒は男装だが嬉しげに俯《うつむ》き、女らしく頬を染めていた。

「国家老の風見家は養子を迎え、奈緒は三友家へ嫁す。三友家は当藩の誇りである。絶やさぬよう精進《しょうじん》しろ」

「ははッ……」

虎太郎は答え、差し出された脇差を恭《うやうや》しく拝領した。

膝行して席へ戻ると、

「では傷が癒えるまで養生《ようじょう》するように」

頼政はそう言い、新右衛門や奈緒とともに広間を退出していった。

やがて女たちが夕餉の膳を運んできた。

「それにしても驚いたな……」

国許から来た若侍たちだけになると、面々は思いの丈《たけ》を口に出しはじめた。

「ああ、あの下働きの茜と一緒になるとばかり思っていたのだが」

一馬が苦々しく言うと、膳を運んできた一人の女が顔を上げた。

「茜は私です。母の朱里とともに江戸へ参りました」

「え……？」

一馬と他の連中が目を丸くし、美しい茜を見つめた。

茜はクスッと笑って俯き、急いで含み綿をして再び顔を上げた。

「あッ……、ま、まさか、そなたが茜……。しかも姫様お付きである朱里様の娘というのは……」

一馬が、度肝《どぎも》を抜かれたように声を震わせて言った。

「ええ、藩内の様子を検分するように言いつかっておりました」

「け、検分……？　それで変装を……？」

一馬が言うと、茜も含み綿を出して元の美貌《びぼう》に戻った。

「この顔だと、悶着《もんちゃく》が起きましょうから」

可憐な茜が言うと嫌味にも聞こえず、やがて彼女は配膳を済ませると、他の女たちとともに静かに広間を出ていった。

「で、では三友も……」

一馬は、声を震わせて虎太郎を見た。

茜が顔を変えて藩士たちの様子を検分していたとなると、この最下級の藩士である虎太郎も、雑用をしながら上からの役目を仰《おお》せつかっていたのではないかと思ったのかも知れない。それならば、手練れであることを隠していたことも納得がいくのだろう。

でもなければ、いきなり国家老の娘で剣術指南の奈緒との婚儀など有り得ないと思ったようだった。

「おい三友、お前はいったい……」

「では、頂きましょうか」

虎太郎は一馬に答え、箸《はし》を取った。

一同も、虎太郎が国家老の密命を帯びていたのではないかと薄気味悪くなったようで、それ以上は何も訊かず黙々と食事をはじめた。

何しろ今まで誰もが皆、いいように虎太郎をコキ使ったり苛《いじ》めたりしていたのである。

やがて日が落ちる頃に夕餉を済ませ、何か言いたげなまま各人は部屋へと戻っていった。

すでに行燈が灯《とも》り、床も敷き延べられている。

そして虎太郎が寝巻に着替えると、そこへ朱里が入って来たのである。

「姫様がお呼びです」

「は……」

言われて戸惑ったが、

「そのままで結構ですので、こちらへ」

手燭《てしょく》を持った朱里が言うので、彼も緊張しながら部屋を出ると、長い廊下を進んで女たちの住む奥向きへと案内されたのだった。

第四章　姫のいけない好奇心

一

「こちらです。誰も来ませんので、どうか姫様の言う通りに」

朱里が奥の襖《ふすま》を開け、膝を突いて言った。

「は、はあ……」

虎太郎は答え、やはり膝を突くと一礼し、中に入った。すると朱里は入らず、襖を閉めて外に待機したようだ。

中は、姫の寝所らしく、敷かれた床に寝巻姿の千代が座っていた。室内には、生ぬるく甘ったるい匂いが立ち籠めている。

「虎太郎、近《ちこ》う」

千代が言い、虎太郎も寝巻姿で膝行《しっこう》した。

「このような姿で申し訳ありません……」

「なに、すぐ来てほしいと朱里に申しつけた」

「左様ですか。して、御用向きというのは……」

彼は訊《き》きながらも、やはり千代も寝巻姿だし、その熱っぽい眼差《まなざ》しを見て、まさかとあらぬ期待を抱き、思わず股間を熱くさせてしまった。

千代は、江戸藩邸へ来てすぐ湯浴《ゆあ》みしたらしく、髪を下ろして実に気品ある整った顔立ちで、じっと彼を見つめている。

「私は、いずれどこぞの大名から婿《むこ》を取ることになろう。男女のことは朱里から聞いているが、私はどうにも、そなたに背負われたときのことが忘れられぬ。見知らぬ男と添い遂げる前に、思うそなたに初物を捧げたいと朱里に相談したら、誰にも内緒なら構わぬと言ってくれた」

言われて、虎太郎はドキリと胸を高鳴らせた。

「私との情交は嫌か」

「い、嫌ではありません……」

「聞けば、奈緒との婚儀を控えているとか。それでも構わぬならどうか、願いを叶《かな》えてほしい」

千代はひたむきな眼差しで言い、さらに濃く甘ったるい匂いを揺らめかせた。夕刻に入浴した藩士たちと違い、江戸へ来てすぐ湯浴みしたため刻限が経ち、彼女本来の匂いが漂いはじめたのだろう。

しかも熱烈な好奇心と淫気が、彼女を夢中にさせているようだ。何しろ山賊《さんぞく》に掠《さら》われ、もし虎太郎が来なかったらどうなっていたのかという思いも、熱くくすぶっているようだった。

「か、叶えてほしいなど……。どのようにもお命じ下されば私は……」

「左様か。ならば私を抱け、好きなように」

千代が、情熱を抑えて静かに言い、そのまま立ち上がって帯を解きはじめたのである。

白い寝巻を脱ぎ去ると、下には何も着けておらず、千代は一糸《いっし》まとわぬ姿で布団に仰向けになった。

「さあ、早《はよ》う虎太郎も」

彼女が身を投げ出して言い、虎太郎も帯を解いて寝巻と下帯《したおび》を脱ぎ去り、全裸で姫君に迫っていった。まさか、奈緒との婚儀のみならず、姫と情交できるなど夢にも思わなかったものだ。

千代は同じ十八歳の生娘《きむすめ》でも、やはり淫法の張り形に慣れていた同い年の茜とは違い、もちろん二十五歳の女丈夫《じょじょうふ》である奈緒とも異なる。

さすがに白く瑞々《みずみず》しい肌と、均整の取れた肢体からは言いようのない高貴さと気品が漂っていた。

虎太郎は姫を見下ろしながら畏《おそ》れ多さに激しく胸が高鳴り、しかし一物《いちもつ》は激しくピンピンに屹立《きつりつ》していた。

淫欲ではなく、これは姫から命じられたことなのだと自分に言い聞かせながら彼は屈《かが》み込み、初々《ういうい》しい薄桃色の乳首にチュッと吸い付いていった。

「ああ……」

千代がビクリと反応し、喘《あえ》ぎはじめた。

コリコリと硬くなった乳首を舌で転がし、もう片方の膨《ふく》らみにもそろそろと手を這わせ、指の腹で乳首をいじった。

次第に千代は熱く息を弾ませ、少しもじっとしていられぬようにクネクネと身悶《みもだ》えた。

姫君が自分を慰めることがあるのかどうか分からないが、それでも生身の女である以上、欲求は普通の女と変わりないのではないかと思った。

虎太郎も次第に夢中になり、畏れ多さや気後《きおく》れよりも淫気が優先してきたように、左右の乳首を交互に含んで舐め回した。

充分に味わってから千代の腕を差し上げ、ジットリ湿った腋《わき》の下にも鼻を埋《うず》め込み、和毛《にこげ》に籠もる甘ったるい汗の匂いを貪《むさぼ》った。

「あう……」

千代が呻《うめ》き、くすぐったそうに腕を縮めて彼の顔を腋に抱え込んだ。

彼は姫の体臭で胸を満たしてから、磨き抜かれた柔肌を舌でたどっていった。

愛らしい臍《へそ》を探り、きめ細かく弾力ある下腹に顔を押しつけ、腰から脚を舐め下りていった。

脛《すね》の体毛も薄く、足首まで下りて足裏に回ると、踵《かかと》から土踏まずに舌を這い回らせた。

「く……」

千代も小さく呻きながら、されるままになっていた。男女がするのは、こういうことだと思ってくれているのかも知れない。

縮こまった指の間に鼻を押しつけると、やはり洗ってから間があるので、汗と脂《あぶら》に湿って蒸《む》れた匂いが鼻腔《びこう》を刺激してきた。

虎太郎は姫君の足の匂いで胸を満たしてから、小ぶりの爪先にしゃぶり付き、順々に指の股に舌を割り込ませて味わった。

「ああ、虎太郎……」

千代が喘いだが、すっかり朦朧《もうろう》となり拒《こば》む様子も見受けられない。

彼は両足とも、全ての味と匂いを貪ってから、股を開かせて脚の内側を舐め上げていった。

どこもスベスベの滑《なめ》らかな舌触りで、ムッチリと弾力ある内腿をたどって股間に迫ると、そこには熱気と湿り気が籠もっていた。

ぷっくりした神聖な丘には楚々《そそ》とした若草が煙り、割れ目はただの縦線が一本あるだけで、ほんの僅《わず》かに桃色の花びらがはみ出していた。

指を当てて左右に広げると、中も綺麗な桃色の柔肉で、ヌラヌラと清らかな蜜に潤《うるお》っていた。

無垢《むく》な膣口は花弁のようで、蜜を宿して息づいていた。

包皮の下から顔を覗《のぞ》かせるオサネも小粒で、どれも実に初々しい眺めである。

千代も、幼い頃から乳母《うば》に世話をしてもらっているので、見られる羞恥というものはなく、ただ脚を開いて息を詰めていた。

もう堪《たま》らず、虎太郎は吸い寄せられるように姫の陰戸《ほと》に顔を埋め込んでしまった。柔らかな茂みに鼻を埋めて嗅《か》ぐと、蒸れた熱気とともに汗とゆばりの刺激が混じって鼻腔を心地よく刺激した。

胸を満たしながら舐め回し、陰唇の奥へ舌を挿《さ》し入れると、やはり熱いヌメリは淡い酸味を含んで舌の蠢《うごめ》きを滑らかにさせた。

生娘の膣口からゆっくりオサネまで舐め上げていくと、

「アア……」

千代が熱く喘ぎ、ビクリと反応した。やはり感じる部分は、素破《すっぱ》でも武家でも姫君でも変わらないらしい。

チロチロと舌先で小刻みにオサネを舐めると、格段に熱い潤いが増してきた。

味と匂いを充分に堪能してから、姫の両脚を浮かせて尻の谷間に迫ると、薄桃色の可憐《かれん》な蕾《つぼみ》がひっそり閉じられていた。

鼻を埋めると弾力ある双丘が顔中に密着し、蕾に籠もる蒸れた匂いが鼻腔をくすぐってきた。

嗅いでから舌を這わせ、充分に濡らしてからヌルッと潜り込ませ、滑らかな粘膜を探った。

「あう……」

千代も呻き、浮かせた脚を震わせながら肛門でキュッときつく舌先を締め付けてきた。

婿になる大名がこのようなことをするはずもないが、きっと朱里がぬかりなく千代に上手《うま》く説明することだろう。それに今も襖の向こうに朱里がいて、こちらの様子を窺《うかが》っているだろうから、いよいよ無理なことをすれば止めに入るに違いない。

ようやく脚を下ろし、虎太郎は再び陰戸に舌を這わせてヌメリを舐め取り、オサネに吸い付いていった。

そして挿入の前に、まず指を膣口に挿し入れ、濡れた内壁を擦《こす》りながら奥まで潜り込ませていった。

さすがに入り口はきついが、潤いで肉棒の挿入も大丈夫だろう。

一物の挿入に備え、彼は押し込んだ指を出し入れさせるように蠢かせ、ようやくヌルッと引き抜いた。

「アア……。も、もう……」

初めての刺激に、千代は息も絶え絶えになって言った。

彼は股間を這い出し、添い寝して仰向けになった。

「姫様の上になるわけにいきませんので、どうか上からお入れ下さいませ」

虎太郎が言うと、千代も素直に身を起こし、彼の股間に移動していった。

そして跨《また》がる前に、やはり初めて見る一物が気になるのか、好奇心いっぱいに千代は顔を寄せてきたのだった。

二

「こんなに太く大きなものが入るのか……」

千代は熱い視線を注いで言い、恐る恐る触れてきた。そして張り詰めた亀頭と幹を撫《な》で、ふぐりをいじった。

「ええ、姫様の陰戸も充分に濡れているので入ります。でも一物も、唾《つば》で濡らして頂けると、もっと入りやすくなります」

虎太郎は、激しく胸を高鳴らせて言った。姫君にしゃぶってもらおうというのだから家臣にあるまじき所業である。しかし今の彼は、心身ともに熱い淫気に満たされていた。

するとと千代もためらいなく屈み込み、幹に手を添えたまま、チロリと舌を伸ばして粘液の滲《にじ》む鈴口《すずぐち》を舐めてくれたのだった。

「あう……」

「心地よいのか」

「はい、とても……」

彼が呻いて答えると、別に不味《まず》くなかったのか、千代も再び舌を這わせて亀頭をしゃぶり、さらにパクッと吸い付いてくれた。

「アア……、なんて気持ちいい……」

虎太郎は姫君に含まれ、ヒクヒクと幹を震わせて喘いだ。

彼女の長い黒髪がふわりと股間を覆《おお》い、内部に熱い息が籠もった。

千代も幹を締め付けて吸い、口の中ではクチュクチュと舌をからめはじめた。

たまに触れる歯の刺激も新鮮で、彼はたちまち高まっていった。

思わずズンズンと股間を突き上げると、

「ンン……」

千代が熱く鼻を鳴らし、自分からも顔を上下させて摩擦してくれた。

このまま漏らして姫の口を汚《けが》したら、どんな罰が下されるだろうか。

「も、もう結構です。どうか跨いでお入れ下さいませ……」

暴発を堪《こら》えて言うと、千代もチュパッと口を離し、顔を上げた。

そして前進して彼の股間に跨がると、ぎこちなく幹を指で支え、先端に濡れた陰戸を押し当ててきた。

意を決して息を詰め、彼女がゆっくり腰を沈み込ませてくると、張り詰めた亀頭がズブリと潜り込んだ。

「く……」

千代が顔を仰《の》け反《ぞ》らせ、眉をひそめて呻いたが、あとはヌメリと重みに助けられ、そのままヌルヌルッと根元まで受け入れてしまった。

虎太郎はきつい締め付けと温もりに包まれ、少しでも長く保たせようと懸命に肛門を引き締めて堪えた。

彼女はぺたりと座り込んだまま、破瓜《はか》の痛みに奥歯を嚙み締め、真下から短い杭《くい》に貫かれたかのように硬直していた。

虎太郎にとって三人目の生娘だが、張り形に慣れた十八歳と、女丈夫の二十五歳と違い、初めて本当に生娘らしい反応を見た思いだった。

彼が両手を伸ばして抱き寄せると、千代もそろそろと身を重ねてきた。

虎太郎は両膝を立てて弾力ある尻を支え、下からしがみついた。胸には姫の乳房が密着して弾み、恥毛が擦れ合い、コリコリする恥骨の膨らみも下腹に伝わってきた。

そう、この膨らみは、千代を背負ったとき腰に感じられたものである。

顔を抱き寄せてピッタリと唇を重ね、舌を挿し入れて滑らかな歯並びを左右にたどった。

さらに引き締まった桃色の歯茎まで舐め回すと、彼女は熱い息で虎太郎の鼻腔を湿らせながら、ようやく歯を開いて侵入を受け入れた。

ネットリと舌をからめると、生温かな唾液に濡れた舌が何とも滑らかだった。

次第に千代も、チロチロと遊んでくれるように蠢かせてくれた。

彼は我慢できなくなり、様子を見ながらズンズンと小刻みに股間を突き上げはじめると、

「アアッ……」

千代が口を離して熱く喘いだ。

「大丈夫ですか。痛ければ止《よ》しますので」

「大事ない。どうか最後まで……」

気遣《きづか》って囁《ささや》くと、千代が健気《けなげ》に答えた。初回が痛いことぐらい朱里から聞いているだろうし、朱里のことだから、すればするほど良くなることも教えているに違いない。

彼も、いったん動くとあまりの快感に腰の突き上げが止まらなくなってしまった。しかも潤いが豊富なので、すぐにも律動は滑らかになり、クチュクチュと湿った摩擦音も聞こえてきた。

「ああ、奥が、熱い……」

千代が喘ぎ、次第に痛みも麻痺《まひ》して、思う男と一つになった悦《よろこ》びに満たされてきたようだ。

虎太郎は、彼女の熱く喘ぐ口に鼻を押しつけ、湿り気ある甘酸っぱい息の匂いにうっとりと酔いしれた。

茜に似た果実臭だが、茜は野山にある野生の果実であり、千代は食膳に出される高価な果実の匂いに思えた。

それでも興奮と喘ぎで口中が渇き、匂いの刺激は濃くなって悩ましく鼻腔が刺激された。山中で背負ったとき肩越しに感じたのも、確かにこの甘酸っぱい匂いであった。

虎太郎は次第に気遣いも忘れたように快感にのめり込み、下から股間をぶつけるように激しく動いていた。

そして姫の熱い吐息を間近に嗅ぎながら、摩擦と締め付けの中で激しく昇り詰めてしまったのだった。

「い、いく。姫様……！」

全身を貫く大きな快感に口走ると同時に、熱い大量の精汁をドクンドクンと勢いよく中に放ってしまった。

「あう、感じる……」

噴出を受けた千代が呻き、まるで彼の快感に応えるようにキュッキュッときつく締め上げてきた。まだ気を遣《や》るには程遠いだろうが、無意識に彼の絶頂が伝わり、肉体より心根が反応したのだろう。

虎太郎は快感を嚙み締め、心置きなく姫君の中に最後の一滴まで出し尽くしてしまった。

「ああ……」

すっかり満足しながら声を洩らし、彼は突き上げを止めて身を投げ出した。

千代も、すっかり放心したように力を抜き、グッタリともたれかかっていた。

　虎太郎は姫君の重みと温もりを受け止め、まだ息づく膣内でヒクヒクと過敏に幹を震わせた。

　そして千代の喘ぐ口に鼻を押し込み、濃厚に甘酸っぱい吐息を胸いっぱいに嗅ぎながら、うっとりと快感の余韻を味わったのだった。

「大丈夫ですか……」

　呼吸を整えながら囁くと、千代は小さくこっくりした。

「もし山賊に犯されたら、どうなっていたでしょう……」

「ええ、ああいう手合いはいきなり突っ込むだけですから、引き裂かれるほどにたいそう痛いと思います」

「そう……、そのようにならなくて良かった……」

　千代は言い、それ以上の刺激を避けるように自分からそろそろと股間を引き離していった。

　そして千代がゴロリと横になると、虎太郎は入れ替わりに身を起こし、彼女の股間を覗き込んだ。

　見ると割れ目から痛々しく花びらがはみ出し、膣口から僅かに逆流する精汁にうっすらと鮮血が混じっているのが見て取れた。

その鮮烈な赤さに、彼は初めて本当に生娘を征服した思いに包まれた。

それでも実に少量で、すでに出血も止まっているようだ。

彼が懐紙《かいし》を手にしようとすると、いきなり襖が開いて音もなく素早く朱里が迫ってきた。

そして彼の手から懐紙を受け取ると、

「あとは私が」

というふうに頷《うなず》きかけて姫の陰戸を拭いた。

虎太郎は自分で股間を拭き、手早く寝巻を羽織ると、二人に辞儀をして寝所を出たのだった。

(とうとう姫様とまで情交を……)

彼は思い、雲を踏むような足取りで暗い廊下を進んだ。

みな寝静まったようで物音一つ聞こえてこなかった。虎太郎は少し曲がり角で迷いながらも、何とか自分の部屋に戻ってきた。

行燈《あんどん》の灯を吹き消し、布団に横になったが、まだ姫君と交わった畏れ多い興奮に、いつまでも動悸《どうき》が治まらなかった。

この分では、しばらく眠れないだろう。

そう思ったとき、静かに襖が開いて寝巻に着替えた朱里が入ってきた。

手燭《てしょく》の火を再び行燈に移したので、彼も慌てて起き上がった。

「姫様は、すっかり満足なさっておやすみになりました」

「そうですか。あのようでよろしかったでしょうか……」

言われて、虎太郎も気になっていたことを訊いた。

「ええ、婿になる大名が、あれこれしないことは姫様も承知しておりますし、あとは私が上手くお話ししますので」

朱里は、彼が思っていた通りのことを答え、そのまま帯を解きはじめたのである。

三

「それぞれ違う生娘を三人味わって、どうでしたか」

互いに全裸になり、添い寝しながら朱里が虎太郎に囁いた。

「みな違って、みな良いですが、私はこうして朱里様の胸に抱かれているときが一番興奮と安らぎを覚えます」

「確かに、まだ今宵《こよい》は足りないようですね」

言うと、朱里が彼の勃起を感じて答えた。

虎太郎も、すっかり淫気を高めながら朱里の豊かな乳房に顔を埋め、乳首に吸い付いていった。

朱里も仰向けの受け身体勢になってくれ、彼はのしかかりながら左右の乳首を味わい、充分に舌で転がした。

「ああ……」

彼女も、今宵はすぐにも熱く喘ぎはじめ、クネクネと熟れ肌を悶えさせはじめた。虎太郎が顔中で膨らみを味わうと、甘ったるい体臭が感じられたので、幸いまだ入浴前らしい。

両の乳首を貪り尽くすと、彼は朱里の腋の下にも鼻を埋め込み、生ぬるく湿った腋毛に籠もる、濃厚に甘ったるい汗の匂いに噎《む》せ返った。

やはり千代の控えめな体臭より、熟れ肌の匂いが悩ましく胸を満たし、心地よく一物に伝わってきた。

しかも気遣いが多かった姫を相手にするより、朱里なら遠慮なく存分に味わえることに興奮が高まった。

やがて彼は熟れた美女の匂いで胸を満たしてから、白い肌を舐め下り、股間を飛ばして足裏を舐め回した。

ついさっき千代にした愛撫だが、相手が違うと気分も新鮮である。

足指に鼻を割り込ませて嗅ぐと、千代よりもずっと濃厚に蒸れた匂いが沁み付いていた。

虎太郎は美女の匂いで鼻腔を満たし、爪先にしゃぶり付いて汗と脂の湿り気を吸収した。

「アアッ……」

朱里が声を洩らし、唾液にまみれた爪先を縮めた。

彼は両足とも味と匂いを堪能し尽くし、股を開いて脚の内側を舐め上げていった。白くムッチリと量感ある内腿をたどり、陰戸に迫ると、すでに割れ目は熱い淫水にヌラヌラと潤っていた。

虎太郎は顔を埋め込み、柔らかな茂みに籠もって蒸れた汗とゆばりの匂いを貪り、舌を這わせて淡い酸味の蜜汁をすすった。

オサネに吸い付きながら、舌先で小刻みに弾くと、

「ああ、いい気持ち……」

朱里が白い下腹をヒクヒク波打たせて喘ぎ、内腿できつく彼の顔を挟み付けてきた。

味と匂いに酔いしれると、彼は朱里の両脚を浮かせ、豊満な尻の谷間に鼻を埋め込み、薄桃色の蕾に籠もる蒸れた匂いを貪った。

そして舌を這わせてヌルッと潜り込ませ、滑らかな粘膜を探ると朱里がキュッと肛門できつく舌先を締め付けてきた。

「ゆ、指を入れて。前にも後ろにも……」

すると彼女が言うので、虎太郎は舌を引き離し、左手の人差し指を肛門に潜り込ませていった。さらに右手の二本の指を濡れた膣口に押し込み、それぞれの内壁を擦りながら、再びオサネに吸い付いていった。

「あう、いい……」

朱里が呻き、前後の穴でキュッキュッと指を締め付けてきた。

最も感じる三箇所を愛撫され、蜜汁が大洪水になってきた。

虎太郎も、肛門に入っていた指を小刻みに出し入れさせ、膣内の二本の指の腹で天井の膨らみを圧迫し、なおもオサネを舐め回し続けた。

まず、千代などには決して出来ない愛撫である。

「い、いきそう……。もういいわ、入れて……」

朱里が声を震わせ、身悶えながらせがんできた。

虎太郎も舌を引っ込め、それぞれの穴からヌルッと指を引き抜いた。

膣内にあった二本の指は白っぽく攪拌《かくはん》された淫水にまみれ、指の腹は湯上がりのようにふやけ、肛門に入っていた指に汚れはないが、嗅ぐと生々しい匂いが感じられた。

「入れる前に、少しだけお口で……」

彼が言って朱里の顔に股間を迫らせると、彼女もすぐに顔を上げてパクッと亀頭をくわえ、ネットリと舌をからめてくれた。

そのまま引き寄せられると、虎太郎は朱里の胸に跨がり、ふぐりと尻が柔らかな乳房に心地よく密着した。

「ンン……」

朱里は喉の奥まで呑み込むと、熱く鼻を鳴らして吸い、舌で翻弄《ほんろう》しながらたっぷりと唾液にまみれさせてくれた。

彼自身は美女の口の中で最大限に膨張し、股間に熱い息を感じながらジワジワと絶頂を迫らせていった。

朱里は濡れた口で幹を摩擦し、粘液の滲む鈴口も充分に舐めてくれた。さらに口を離すと、チロチロと真下からふぐりも舐め回してくれ、彼もすっかり仕度が整った。

再び大股開きになった彼女の股間に戻ると、本手《ほんて》（正常位）で一物を進めていった。すると朱里も大胆に、両手の指で目いっぱい陰唇を広げ、膣口を丸見えにさせてくれた。

幹に指を添え、先端を濡れた陰戸に押しつけ、感触を嚙み締めながらゆっくり押し込んでいくと、たちまち彼自身はヌルヌルッと滑らかに根元まで吸い込まれていった。

「アアッ……！」

股間を密着させると朱里が喘ぎ、若い一物を味わうようにキュッキュッと締め付けてきた。

虎太郎は温もりと感触を味わい、身を重ねてゆき、胸で豊かな乳房を押し潰《つぶ》すと心地よい弾力が伝わってきた。

朱里も下から両手を回して抱き留めてくれ、彼は上からピッタリと唇を重ねていった。

柔らかな唇の感触と唾液の湿り気を味わい、舌を挿し入れて滑らかな歯並びを舐めると、朱里も歯を開いてネットリと絡み付けてくれた。

ズンズンと腰を突き動かしはじめると、溢《あふ》れる淫水ですぐにも律動が滑らかになり、ピチャクチャと淫らな摩擦音が聞こえてきた。

「ンン……」

朱里も熱い息で呻き、彼の鼻腔を湿らせながら股間を突き上げてきた。

次第に互いの動きが一致して激しくなっていくと、膣内の収縮と潤いが格段に増してきた。

「アア、いい気持ち……。なるべく我慢して……」

彼女が言うので、虎太郎も緩急《かんきゅう》を付け、危うくなると動きを弱めて長く保たせようとした。

「入り口あたりが感じるので、九浅一深で」

朱里が大きな快感を待つように、息を詰めて言うと、すぐに彼も理解し、浅く小刻みに出し入れさせ、たまにズンと深くまで入れた。

「あう、それいい……。突くより引く方を強く……」

彼女が呻き、さらに技巧を伝授してきた。

確かに、引くことを意識する方が、張り出したカリ首の傘が効果的に内壁を擦るのだろう。

虎太郎は動きながら、彼女の喘ぐ口に鼻を押し込んで息を嗅ぎ、濃厚な白粉《おしろい》臭《しゅう》の刺激に高まっていった。

匂いと摩擦で、いよいよ虎太郎が危うくなると、先に朱里がガクガクと狂おしく腰を跳ね上げはじめたのだ。

「い、いく……、いいわ……。アアーッ……！」

彼女が声を上ずらせて気を遣ると、艶《なま》めかしい収縮に巻き込まれながら、続いて虎太郎も昇り詰めてしまった。

「く……、気持ちいい……」

絶頂の快感に呻きながら、ありったけの熱い精汁をドクンドクンと中にほとばしらせると、

「あう、もっと……！」

朱里が締め付けを強めて口走り、彼は心ゆくまで快感を味わい、最後の一滴まで出し尽くしていった。満足しながら徐々に動きを弱めていくと、次第に朱里も突き上げを治めていった。

やがてグッタリともたれかかると、彼女も完全に熟れ肌の強《こわ》ばりを解き、四肢を投げ出しながらなおも収縮を繰り返していた。

「ああ、良かった……」

朱里が言い、虎太郎は内部でヒクヒクと過敏に幹を跳ね上げ、かぐわしい美女の吐息を間近に嗅ぎながら、うっとりと余韻を噛み締めたのだった。

四

「よし、次！」

庭で、すっかり腕の傷も癒《い》えた一馬が稽古《けいこ》しながら言った。

何しろ、最も浅手だったから治りも早かったのである。相手にしているのは、江戸藩邸で生まれ育った若侍たちだ。

誰も町道場に通っているようだが細腕ばかりだから、ここでは一馬程度でも一番になれそうだった。

「やはりお国許の方は強い」

江戸生まれの藩士たちが言い、誰も敵《かな》わぬと知って得物《えもの》を納めていた。

国許から来た藩士たちは、まだ怪我が治っていないので参加せず、そして無傷の虎太郎も、一馬は国家老の娘である奈緒の許婚《いいなずけ》だからと無理に誘うこともしてこなかった。

怪我をさせてはいけないというより、虎太郎が突きを得意としているということで臆病風に吹かれているのかも知れない。

要するに、力もないくせに体面を気にするだけの男なのである。

とにかく、姫を送り届けたのだから、本来ならすぐに国許へ帰るべきなのだが、まだ完治していないものもいるので、今しばらくの滞在となっていた。

やがて一同が井戸端《ばた》で身体を拭いて着替えると、縁側から新右衛門が顔を出して言った。

「姫を連れて江戸見物でも行ってこぬか。良い店があるので、そこで昼餉《ひるげ》を囲むと良い」

言われて、一馬たちは顔を輝かせた。やはり江戸へ来たからには、外を歩いてみたいと思っていたのだろう。

千代も、近々頼政とともに挨拶《あいさつ》のため登城することになっているが、何しろ道中で大変なことがあったから、もう少し休息させるようだった。

千代も、あまりに絢爛《けんらん》たる着物だと目立つので、ごく普通の武家娘の衣装となり、護衛は奈緒、付き添いは朱里と茜の母娘《おやこ》、そして虎太郎や一馬をはじめとする国許の若侍たちである。

しかし、出てきた奈緒を見て虎太郎は目を見張った。

「な、奈緒様……」

彼は言い、呆然《ぼうぜん》と奈緒を見つめた。何と彼女は、髪を島田《しまだ》に結って簪《かんざし》を挿し、女らしい着物姿になっていたのだ。帯に懐剣をさしているので、実に長身で凛《りん》とした武家娘である。

「国許へ帰れば、すぐ祝言《しゅうげん》ですので、少しでも女らしさを身に着けませんと」

奈緒が羞じらいを含んで言う。

「そうですか、お似合いです」

「それより、帰るまでにお心を決めて下さいと申し上げながら、気が急《せ》いて杉田様と殿に言ってしまいました。申し訳ありません」

「い、いえ、私の方に否《いな》やはないのですから……」

虎太郎は答えながら、でも本当に自分で良いのだろうかという思いはいつまでも心にくすぶっていた。

「こ、これは……」

一馬をはじめ手負いの若侍たちも、奈緒の艶《あで》やかさに目を丸くし、あらためて虎太郎を羨《うらや》ましく思ったようだった。

「では、参《まい》りましょうか」

案内役を仰《おお》せつかった江戸藩邸の若侍が言い、一行は屋敷をあとにした。

千代がいるので、そう多く歩き回れないため、まずは近間にある神田明神《みょうじん》にお詣《まい》りをした。

そこも賑《にぎ》やかで、境内《けいだい》には多くの物売りや、居合抜きや独楽《こま》回しなどの見世物がひしめいていた。

千代も賑やかさに、興奮気味に頬を紅潮させてあちこちを見回した。その合間に、何かと虎太郎の方を見ては笑みを洩らした。

どうやら情交したことへの後悔もないようで、虎太郎も安心したものだった。

朱里と茜も、国許の祭り以上の賑わいに周囲を見回していたが、それでも千代の周囲への注意は怠《おこた》らなかった。

女姿で、大股に歩けない奈緒は千代の脇に付き添いながら、ぎこちなく歩を進めていた。

それでも奈緒の長身の美貌《びぼう》は人目を惹《ひ》くようで、何人もが振り返り、さらに美しい千代や母娘のことも順々に見回していた。

お詣りを済ませ、ゆっくり出店を素見《ひやか》しながら境内を横切り、新右衛門が言っていた料理茶屋へ行くため裏路地に出た。

すると、そこへ二人の大男が現れたのである。髭面《ひげづら》で、はだけた胸元から厚い胸板が覗いていた。

「へえ、綺麗なお嬢さんだな。駕籠《かご》に乗って行きなせえ」

大男が、千代に迫って言う。

「無礼な。気安く話しかけるな！」

一馬が、姫たちの前で虚勢を張って言う。

「なにを？　どこの田舎モンか知らねえが、このお江戸じゃ娘御は僅かな道のりでも駕籠に乗るもんと決まってるんだよ」

男たちが凄《すご》んだが、少々呂律《ろれつ》が回らないので、祝儀にでもありついたか昼間から酔っているようだ。

しかしはだけた着物からは、匕首《あいくち》の柄《つか》が覗いていた。

「奈緒様、姫様をお願い」

朱里が言うと、奈緒が千代を背に庇《かば》った。そして朱里は虎太郎に耳を寄せ、

「柄当て」

と言って後方に下がった。

やや尻込みしながら虎太郎が二人の大男の前に出ると、

「へへ、弱そうな男が出てきやがったな。やってやろうじゃねえか」

男が迫り、匕首を逆手に抜いて振りかぶった。その瞬間、虎太郎は大刀の柄に右手を添え、左手を前に突き出した。

そして柄頭《つかがしら》が男の水月《すいげつ》に触れるか触れないかという瞬間、

「むぐ……！」

男が呻き、白目を剥《む》いて膝を突いたのである。

どうやら目にも止まらぬ茜の石飛礫《いしつぶて》が飛んだらしい。

「こ、こいつ……！」

残る一人が迫ってきたが、また虎太郎が柄頭を突き出した。

「ぐええ……！」

二人目も呻いてうずくまり、

「お、覚えていやがれ、サンピン……」

苦悶《くもん》しながら二人で肩を貸し合い、這々《ほうほう》の体《てい》で立ち去っていった。

「さあ、参りましょうか」

虎太郎が言うと、千代が顔を輝かせて嘆息した。奈緒や、一馬たちも初めて虎太郎の働きを目の当《ま》たりにし、呆然としていた。

「お、驚いた……。稽古では力を抜き、実戦で本気を出す達人の話を聞いたことがあるが……」

毒気を抜かれたように一馬が声を震わせて言い、虎太郎を強引に稽古に誘わなくて良かったという顔つきをしていた。

「三友、いや三友殿。今まで軽い扱いをしていて済まぬ……」

「そんな、いいんですよ。私は雑用係ですから」

一馬に言われ、虎太郎は面映《おもは》ゆい思いで答えた。そして茜の力に助けられたことを、また不甲斐《ふがい》なく思うのだった。

「目にも止まらぬ柄当てでした。抜刀すれば、たちまち山賊のときのように喉を貫いていたのですね……」

奈緒も興奮気味に言って迫り、甘ったるい匂いを揺らめかせた。

やがて気を取り直し、一行は近くにある料理茶屋に入ったのである。

すでに新右衛門からの報《しら》せが来ていたようで、店は手際よく豪華な昼餉を出してくれた。

酒も出たので、国許を出てから一滴も飲んでいなかった一馬たちは喜んで盃《さかずき》を酌《く》み交わし、手のひらを返したように、すっかり上機嫌になって虎太郎を讃《たた》えたりしたので、彼は苦笑するばかりだった。

やがて昼餉を終えると、江戸藩邸の若侍が言った。

「ここの離れも取ってありますので、姫様は夕刻までごゆるりとおやすみ下さいませ」

「そうか、ならば我らも夕刻まであちこち見聞に参ろうか」

一馬が言うと、

「では私たちもご一緒に」

朱里と茜も言い、連中は喜色を浮かべた。姫の警護は、奈緒と虎太郎に任せれば良いと思ったのだろう。

むろん千代も頷き、やがて一行が出てゆくと、虎太郎は千代や奈緒と一緒に離れへと案内されたのだった。

「すごい、お風呂も付いています」

奈緒が離れのあちこちを見て目を輝かせた。

この料理茶屋は離れに泊まることも出来るようで、多くは武士たちが会談に使用しているようだった。

千代と奈緒は座って寛《くつろ》ぎ、虎太郎も大小を置いて腰を下ろした。

連中は、芝居か相撲《すもう》見物にでも行き、夕刻にはそのまま江戸藩邸へ戻るのだろう。

千代はまだ破落戸《ごろつき》の駕籠かきにからまれたときの興奮が覚めやらぬように、熱い眼差しを虎太郎に向け続けていたのだった。

五

「奈緒と虎太郎がいれば、何が来ようと安心です」

千代が、交互に二人を見つめて言う。

彼女の表情も実に明るいので、道中で山賊に掠われたときほどの衝撃はないようだ。

「申し訳ありません。今日は柄にもなくこのような格好で、戦うことが出来ませんでした」

奈緒は言ったが、むしろそのおかげで虎太郎の働きを見られて良かったと思っているのだろう。そして自分なら、あのように刀も抜かず鮮やかに実戦が出来るだろうかと己《おのれ》を省みたようだった。

しかし、国許へ帰れば祝言だから、もう庭稽古に出ることもなく、毎日今日のような姿で妻として務める心算《つもり》なのだろう。

「でも、その二人も間もなく帰ってしまうのですね。夫婦《めおと》になるのは目出度《めでた》いのですが、名残惜《なごりお》しくて仕方ありません」

千代が寂しげに言った。

姫が頼政にせがめば、少しぐらい二人の江戸滞在は長引くかも知れないが、国許では重兵衛が首を長くして婚儀を待っているだろうから、それほど我《わ》が儘《まま》も言えないと自覚しているようだ。

「いかが致しましょう。夕刻までここにいても仕方ありませんので、三人でそこらに出てみますか。そうそう破落戸などいないでしょうし」

虎太郎が言うと、千代が真剣な眼差しで顔を上げた。

「奈緒、お願いがあるのだけど」

「何でしょうか」

「どうしても私は虎太郎と情を通じてみたい」

千代の言葉に、奈緒がビクリと身じろぎ、驚いて彼女と虎太郎の顔を交互に見つめた。

千代も、すでに虎太郎と情交していることは伏せており、急激に彼の股間が熱くなってきてしまった。

「そ、それは……。許婚とはいえまだ婚儀前ですし、姫様のたってのお申し出ならば……」

奈緒は戸惑いを隠さずに答えた。

「虎太郎殿のお気持ちは……？」

「私は、姫様の命に従うだけです」

彼が言うと、奈緒も意を決して頷いた。

「承知しました。では私は外へ出ますので、あとはお二人にて」

「いえ、奈緒も一緒にいて」

腰を浮かせた奈緒に、千代が言った。

「え……？」

「奈緒と二人で、虎太郎を味わいたい」

千代が言い、虎太郎はゾクゾクと興奮を高め、さらに勃起が増してきた。

要領を得ぬまま奈緒が千代を見ると、彼女は言った。

「すでに、奈緒は虎太郎と交わっているのですか」

「え、ええ……」

聞かれて、奈緒は正直に答えてしまった。どうやら嘘はつけぬたちらしい。

「ならば、男と女のことを私に教えてほしい」

千代は、以前虎太郎がしたように無垢なふりをして言った。

「見えぬところでされるより、一緒にいた方が奈緒も安心でしょう」

「そ、それは確かにそうですが……」

「奈緒が嫌がることを虎太郎にはせぬ。どうか一緒に」

千代が懇願《こんがん》すると、迷いながらもやがて奈緒は頷いた。

「わ、分かりました。姫のお望みのままに……」

「では布団を」

言われて、ここは最も格下の虎太郎が立って床を敷き延べた。

「二人とも脱いで」

千代が立ち上がって言い、自分から帯を解きはじめたのだった。

どうやら虎太郎と一度しただけでは我慢できず、近づく別れの悲しみから、千代は大胆な思いつきをしたのだろう。

それに千代もかねてから、美しく男っぽい奈緒に淡い憧《あこが》れでも寄せていたのかも知れない。

千代が脱ぎはじめると、奈緒は思わず虎太郎を見たので、彼も興奮を抑えて立ち上がり、袴《はかま》の前紐《まえひも》を解きはじめた。

確かに、見えぬ場所で二人にされるより良いと思ったか、ようやく奈緒も懐剣を抜いて置き、立ち上がって帯を解きはじめた。

衣擦《きぬず》れの音とともに、みるみる二人の美女が肌を露《あら》わにしていった。

しかも着物の内に籠もった熱気が解き放たれ、混じり合った匂いを含んで部屋の中に立ち籠めはじめた。

先に全裸になると、虎太郎は期待に激しく勃起しながら、布団に仰向けになっていった。

何という奇妙で畏れ多い展開であろうか。姫君と家老の娘、二人を相手にして快楽が得られるのだ。このような贅沢《ぜいたく》な悦びは、将軍でも無理なのではなかろうかと思ったほどである。

たちまち二人も一糸まとわぬ姿になり、左右から彼を挟み付けるように屈み込んできた。

「すごい、このように勃《た》って……」

千代が一物を見て言う。

「男は、淫気を催《もよお》すとこうなるのですよ」

無垢と信じている奈緒が言い、いざ全裸になると度胸が据わったようだった。

「女はお乳が心地よいけれど、男もそうなのかしら」

「試してみましょう。二人で」

奈緒が言い、すぐにも二人は顔を寄せ、虎太郎の左右の乳首にチュッと吸い付いてきたのだった。

「あう……」

同時に吸い付かれ、虎太郎は二人分の熱い息で肌をくすぐられながら呻いた。

両の乳首がチロチロと舐められ、彼は男でも一物以外に感じる部分が多くあることを知った。

「か、嚙んで下さいませ……」

快感に任せて言うと、二人も綺麗な歯並びで乳首を噛んでくれた。

「あう、いい……。もっと強く……」

さらにせがむと、千代は控えめに力を込め、奈緒も頑丈な歯でキュッキュッと咀嚼《そしやく》するように刺激した。

やがて二人は乳首を離れ、股間まで這い下りていった。

二人は頰を寄せ合い、近々と顔を寄せ、虎太郎は二人分の熱い視線と息にヒクヒクと幹を上下させた。

「何と、このように硬く……」

「では、私が唾で濡らしますので」

千代が囁くと奈緒が答え、先端に舌を這わせてきた。

「私も……」

すると千代も口を割り込ませるように、女同士で一緒に亀頭を舐めはじめたのである。

奈緒も、姫に舐めさせるのは気が引けたようだが、すでに興奮に包まれ、次第に二人で大胆に舌をからませてきた。女同士の舌が触れ合っても、全く気にならないようである。

さらに二人は、交互に含んで吸い付いては交代してきた。

「ああ……、気持ちいい……」

虎太郎は夢のような快感に喘ぎ、次第にどちらの口に含まれているか分からないほど朦朧となってきた。千代も厭《いと》わず舌をからめ、ふぐりにもしゃぶり付き、奈緒もスポスポと心地よい摩擦を繰り返した。

一物は混じり合った唾液に生温かくどっぷりと浸り、たちまち彼は絶頂を迫らせてしまった。

「い、いく……。どうか……」

虎太郎が警告を発しても、二人は強烈な愛撫を止《や》めず、とうとう彼は絶頂に達し、熱い精汁をドクンドクンと勢いよくほとばしらせた。

「ク……」

ちょうど含んでいた千代が呻いて口を離すと、すかさず奈緒がパクッと亀頭をくわえ、余りを吸い出してくれた。

「あうう、すごい……」

虎太郎は魂《たましい》まで吸い取られるような快感に呻き、とうとう最後の一滴まで出し尽くしてしまった。

「ああ……」

声を洩らしてグッタリと力を抜くと、奈緒も動きを止め、亀頭を含んだままゴクリと精汁を飲み込んで口を離した。

なおも指で幹をしごき、余りの雫《しずく》の滲む鈴口を舐めると、第一撃を飲み込んだ千代も一緒になって舌を這わせてきた。

「く……。も、もうご勘弁を……」

虎太郎はヒクヒクと過敏に幹を震わせ、降参するように腰をよじって言ったのだった。

第五章　三つ巴《どもえ》の淫らな戯《たわむ》れ

一

「さあ、元気になるまで二人で何でもして差し上げます」

グッタリと身を投げ出している虎太郎を見下ろし、奈緒が言った。千代も頬を上気させ、何でもしてくれそうな様子である。

「では、お二人の足の裏を私の顔に……」

仰向けのまま言うと、すぐにも二人は立ち上がり、彼の顔の左右に立った。

「こうですか」

奈緒は言い、千代と一緒に体を支え合いながら、そろそろと片方の足を浮かせ彼の顔に乗せてくれた。

「ああ……」

虎太郎は二人分の足裏を顔に受け止め、うっとりと喘《あえ》いだ。

舌を這わせながら全裸の二人を見上げると、何とも壮観で、どちらも陰戸《ほと》が濡れて内腿にまで淫水が伝いはじめている。

しかも奈緒は普段と違い髪を島田に結っているから、まるで見知らぬ美女に接しているようで新鮮な気分が湧いた。

彼はそれぞれの指の間に鼻を埋め、汗と脂《あぶら》に湿って蒸《む》れた匂いに酔いしれ、交互に爪先をしゃぶった。

「アア、変な心地……。奈緒の許婚《いいなずけ》を踏むなんて、許せ……」

「大丈夫、虎太郎殿が望んでいることですから。ほら」

奈緒が千代に答えて指すと、確かに満足げに萎《な》えていた一物《いちもつ》がムクムクと回復しはじめていた。

彼は二人分の全ての指の股を味わうと、足を交代してもらい、そちらも存分に味と匂いを貪《むさぼ》り尽くした。

「顔にしゃがみ込んで下さいませ……」

「では姫様がお先に」

真下から虎太郎が言うと、奈緒が促した。

千代も彼の顔に跨《また》がり、厠《かわや》に入ったようにゆっくりしゃがみ込んできた。白い内腿がムッチリと張り詰め、熱気を含んだ割れ目が鼻先に迫った。

僅《わず》かに花びらが開かれ、濡れた膣口と小粒のオサネが覗《のぞ》いていた。

腰を抱き寄せ、楚々《そそ》とした若草の丘に鼻を埋《うず》めて嗅《か》ぐと、蒸れた汗とゆばりの匂いが悩ましく鼻腔《びこう》を刺激し、彼はうっとりと胸を満たしながら舌を這わせていった。

淡い酸味のヌメリをすすり、息づく膣口からオサネまで舐め上げると、

「アア……、何と心地よい……」

千代が喘ぎ、思わずキュッと股間を押しつけてきた。

仰向けなので割れ目に自分の唾液が溜まらず、淫水が溢《あふ》れてくる様子がはっきり舌に伝わってきた。

虎太郎は姫の味と匂いを堪能してから、尻の真下に潜り込んでいった。

顔中に弾力ある双丘を受け止め、谷間の蕾《つぼみ》に鼻を埋めて蒸れた匂いを貪り、舌を這わせてヌルッと潜り込ませた。

「あう……」

千代が呻《うめ》き、キュッと肛門で舌先を締め付けてきた。

彼は滑《なめ》らかな粘膜を探り、再び陰戸に戻ってヌメリをすすり、オサネを舐め回した。

「も、もう……。入れたい……」

すっかり高まった千代が声を上ずらせて悶《もだ》えると、奈緒が彼女を支えながら虎太郎の上を移動させた。

「情交まですることは、誰にも内緒ですよ」

囁《ささや》きながら、彼の股間に跨がらせた。分かっているという風に千代が頷《うなず》き、先端に陰戸を押し当ててきた。それを奈緒が覗き込み、甲斐甲斐《かいがい》しく幹に指を添えて誘導した。

やがて千代がそろそろと腰を沈み込ませると、張り詰めた亀頭が潜り込み、あとは重みと潤《うるお》いでヌルヌルッと根元まで嵌《は》まり込んでいった。

「アアッ……!」

千代が顔を仰《の》け反《ぞ》らせて喘ぎ、虎太郎もきつい締め付けと温もり、肉襞の摩擦を嚙み締めた。

「痛いでしょうから、じっとしているとよろしいです」

奈緒が、ぺたりと股間を密着させている千代に囁いた。

虎太郎は奈緒の体を顔に引き寄せた。奈緒も颯爽《さっそう》と跨がり、茶臼《ちゃうす》（女上位）で座り込んでいる千代を支えながら、彼女と向かい合わせに股間を彼の顔に押しつけてきた。

彼が奈緒の陰戸に鼻と口を埋めると、逆向きなので目の上に尻と桃色の蕾が見えていた。

潜り込んで奈緒の茂みに鼻を擦《こす》りつけ、蒸れた汗とゆばりの匂いを貪り、濡れた割れ目に舌を這い回らせた。そして大きなオサネにチュッと吸い付いて舌で転がすと、

「アアッ……！」

奈緒が熱く喘ぎ、正面にいる千代と抱き合った。

虎太郎は執拗《しつよう》にオサネを刺激しては、大洪水になっている蜜汁をすすり、味と匂いを堪能してから伸び上がり、尻の谷間に鼻を埋め込んでいった。

僅かに突き出た桃色の蕾には、やはり蒸れて生々しい匂いが沁み付き、彼は舌を這わせてヌルッと潜り込ませた。

「く……」

奈緒は呻き、キュッときつく肛門で舌先を締め付けてきた。

それにしても、何という贅沢《ぜいたく》な快感であろうか。一物は姫君の陰戸に嵌まり込み、顔には家老の娘の股間が密着しているのである。

やがて奈緒が正面の千代に囁いた。

「さあ、もう気がお済みでしょう。動くと痛いので、そろそろ交代を」

すると千代も、素直に股間を引き離して添い寝してきた。奈緒も身を起こして向き直り、姫の淫水にまみれた肉棒に跨がった。

割れ目を先端に押し当てると、ゆっくり座り込み、たちまち彼自身は微妙に温もりと感触の異なる陰戸に、ヌルヌルッと滑らかに呑み込まれていった。

「アア……！」

股間を密着させた奈緒が喘ぎ、キュッと締め上げてきた。

そして身を重ねてきたので、虎太郎も両手で抱き留め、両膝を立てて蠢《うごめ》く尻を支えた。

さらに添い寝している千代も抱き寄せ、潜り込むようにして二人の乳首を順々に味わっていった。

混じり合った体臭が悩ましく鼻腔を満たし、彼は二人分の乳首と膨《ふく》らみの感触を味わった。

さらに、それぞれの腋《わき》の下にも鼻を埋め込み、腋毛に籠もる蒸れて甘ったるい汗の匂いで胸を満たした。

「ああ、いい気持ち……」

奈緒が徐々に腰を遣《つか》い、茂みを擦り合わせてきた。

虎太郎もズンズンと股間を突き上げはじめ、何とも心地よい摩擦と温もり、潤いと締め付けを味わった。

そして下から奈緒に唇を重ねると、何と千代も顔を割り込ませ、舌を差し出してきたのである。三人で舌をからめると、二人の混じり合った吐息が彼の顔中を湿らせた。

二人の舌はどちらも生温かな唾液に濡れ、滑らかに蠢いた。

「もっと唾《つば》を……」

言うと二人も懸命に唾液を分泌させ、交互にトロトロと吐き出してくれた。

混じり合った、白っぽく小泡の多い唾液を味わい、彼はうっとりと喉を潤し、甘美な悦《よろこ》びに包まれた。

次第に奈緒の動きが激しくなってくると、

「アア……、なんていい……」

口を離し、唾液の糸を引きながら喘いだ。

虎太郎も突き上げを強めながら、それぞれの喘ぐ口に鼻を押し込んで濃厚な吐息で胸を満たした。奈緒の花粉臭と、千代の果実臭が入り混じり、悩ましい匂いが鼻腔を刺激した。

しかし、ついさっき二人の口に射精したばかりだから、勃起して充分に高まっても彼は暴発の気遣いはなかった。

すると先に、奈緒がガクガクと狂おしい痙攣《けいれん》を開始して気を遣《や》ってしまった。

「き、気持ちいい……。アアーッ……！」

奈緒が声を上ずらせ、収縮を活発にさせた。千代も、大人の女の凄《すさ》まじい絶頂に目を見張っていた。

虎太郎が摩擦と締め付けに耐えていると、

「ああ……」

奈緒が喘ぎ、力尽きたように硬直を解いてグッタリともたれかかってきた。

彼も動きを止めて収縮に身を委ねた。保ったということは、もう一度最後に大きな快感が得られるという期待が湧いた。

「そんなに心地よくなるものなのか……」

千代が囁き、荒い呼吸を繰り返していた奈緒も、そろそろと股間を引き離し、ゴロリと横になった。

「ええ、すればするほど良くなるものなのですよ……」

奈緒が答え、やがて息遣いを整えると身を起こし、三人で離れに備え付けの豪華な湯殿へと移動したのだった。

二

「お二人で、私の肩を跨いで下さい」

三人で体を洗い流してから、虎太郎は簀《す》の子《こ》に座り込んで言った。

奈緒の腿の傷も驚くべき快復力で完治し、すでに晒《さら》しも縛っていなかった。

二人も、座った虎太郎の左右の肩に跨がり、それぞれ彼の顔に股間を突き付けてきた。

「ゆばりを出して下さいませ」

いうと、少し奈緒は身じろいだが、すぐにも下腹に力を込めて尿意を高めはじめてくれた。

それを見た千代も、慌てて力みはじめたようだ。元より、千代の方が羞恥心は薄いのである。

彼は、交互に二人の割れ目を舐め回した。洗ったので匂いは薄れたが、新たな淫水が溢れて舌の動きがヌラヌラと滑らかになった。

「あう、出る……」

奈緒が呻くと、柔肉が迫《せ》り出すように盛り上がって蠢き、味わいと温もりが変化して、同時にチョロチョロと熱い流れがほとばしってきた。

それを舌に受けて味わい、喉に流し込んだ。

「こ、虎太郎……」

すると千代も息を詰めて言い、か細い流れを放ってきた。

彼もそちらに顔を向けて流れを味わい、喉を潤した。河原でオマルを洗ったときのことが思い出され、彼自身はピンピンに勃起した。

その間も奈緒の流れは注がれ、温かく肌を伝って一物を心地よく浸してきた。

彼は交互に口に受け、混じり合った匂いと味にゾクゾクと興奮を高めた。

やがて二人とも流れを治め、彼はポタポタ滴《したた》る雫《しずく》をすすり、残り香の中でそれぞれの割れ目を舐め回した。

ようやく口を離すと、三人で代わる代わる湯に浸かり、身体を拭いて全裸のまま部屋の布団へと戻った。

「ね、私も虎太郎にされたことをしてみたい」

千代が、彼でなく奈緒に言った。

正に虎太郎の意思などどうでも良く、彼は二人の快楽の道具にされたことを興奮とともに自覚した。

「どのようなことです？」

「こうしてみたい」

二人が言うと、千代が仰向けになった虎太郎の足裏に舌を這わせ、爪先にしゃぶり付いてきたのである。

「あう、い、いけません……」

虎太郎は畏《おそ》れ多さに驚いて言ったが、千代は平気で指の股に舌をヌルッと割り込ませた。奈緒も、風呂上がりだから構わないだろうと、一緒になって、もう片方の爪先にしゃぶり付いてきた。

美女たちに両の爪先を含まれ、彼は生温かなヌカルミでも踏むような心地に身を震わせた。

唾液に濡れた指で、それぞれの滑らかな舌を挟むと、言いようのない禁断の興奮が湧いた。

やがてしゃぶり尽くすと、千代は彼を大股開きにさせ、奈緒と一緒に左右の脚の内側を舐め上げてきたのである。内腿に歯が立てられると、

「く……、もっと強く……」

虎太郎も快感にのめり込んでせがんだ。両の内腿に美女たちの綺麗な歯並びが食い込み、甘美な刺激が全身を走り抜けた。

さらに二人が顔を進ませると、頬を寄せ合って混じり合った熱い息が股間に籠もった。

すると千代が積極的に彼の両脚を浮かせ、尻の谷間に迫ってきたのだ。

「お、お待ちを」

さすがに奈緒が言い、まるで毒見でもするように、あるいは唾液で消毒でもするように、先に彼の肛門をチロチロと舐め回した。

「あう……」

奈緒の舌先がヌルッと潜り込むと、虎太郎は快感に呻き、キュッと肛門を締め付けた。

やがて奈緒が舌を離すと、待っていたように千代も同じように舐め回し、ヌルッと潜り込ませてきたのだ。

「アア……」

虎太郎は、微妙に感触の違う舌先を肛門で味わい、熱い鼻息でふぐりをくすぐられてヒクヒクと幹を上下させた。まさか姫君に肛門を舐めてもらった藩士などどこを探しても自分以外いないだろう。

やがて気が済んだように千代が舌を離すと彼の脚が下ろされ、今度は二人同時にふぐりにしゃぶり付いてきた。

二人の鼻息が肉棒の裏側をくすぐり、睾丸《こうがん》がそれぞれの舌に転がされた。袋全体が生温かな唾液にまみれると、二人は一緒に幹を舐め上げ、先端まで来て亀頭に舌をからめた。

さらに交互に喉の奥まで呑み込んで吸い付き、舌をからめてスポンと口を離すと、もう一人が同じように濃厚な愛撫をしてくれた。

「い、いきそう……」

すっかり高まった虎太郎が言うと、二人も顔を上げた。

「ね、今度は私の中で果ててほしい」

千代が、また奈緒に言う。

「でも、もし孕《はら》んだりしたら……」

「それは、神様が決めることです。それより私は、奈緒のように心地よく感じてみたい」

「分かりました……」

奈緒も頷いた。自分は国許へ帰ってから、いくらでも好きなだけ虎太郎と出来ると思ったのだろう。

すると千代が身を起こし、彼の股間に跨がってきた。

二人分の唾液に濡れた先端に陰戸を押し当て、ゆっくり腰を沈め、一物を膣口に受け入れていった。ヌルヌルッと根元まで呑み込むと、

「アア……」

千代が顔を仰け反らせて喘ぎ、ピッタリと股間を密着させた。

虎太郎もきつい締め付けと熱いほどの温もりに包まれ、今度こそ保てず昇り詰めそうになっていた。

中で肉棒を震わせると、千代は上体を起こしていられなくなったように身を重ね、彼も両手で抱き留めた。

奈緒も添い寝し、千代の背をさすりながら彼に横から密着してきた。

虎太郎も快感に任せ、両膝を立てて千代の尻を支えながら、ズンズンと小刻みに股間を突き上げていった。

「ああ、もっと強く……」

千代が喘ぎ、ぎこちなく腰を遣いはじめた。

彼もあまりの快感に突き上げが止まらず、摩擦と潤いに高まっていった。

そして二人の顔を引き寄せ、また三人で舌をからめ、彼は混じり合った吐息の匂いにうっとりと酔いしれた。

「顔に唾を垂らして……」

言うと二人もクチュッと唾液を垂らし、舌で彼の顔中に塗り付けてくれた。

鼻も頬もヌラヌラとまみれながら、彼は二人分の唾液と吐息の匂いに包まれ、激しく昇り詰めてしまった。

「い、いく……。アアッ……！」

溶けてしまいそうな快感に貫かれて喘ぎ、ありったけの熱い精汁をドクンドクンと勢いよくほとばしらせると、

「あ、熱い……。いい気持ち……！」

奥深くに噴出を感じた千代も声を上げ、飲み込むようにキュッキュッと締め上げてきた。

まだ完全に気を遣ったわけではないだろうが、もう挿入や律動の痛みもなく、やがて間もなく本当の絶頂に達することだろう。

虎太郎は快感を嚙み締め、心置きなく最後の一滴まで姫君の中に出し尽くしてしまった。

すっかり満足しながら徐々に突き上げを弱めていくと、

「アア……」

千代も力尽きたように硬直を解き、声を洩らしながらグッタリともたれかかって身体を預けてきた。

完全に動きを止めた虎太郎は収縮する膣内でヒクヒクと過敏に幹を震わせ、二人分のかぐわしい吐息を間近に嗅ぎながら、うっとりと快感の余韻に浸り込んでいった。

「さあ、もう一度お風呂に入って着替えましょう」

二人の呼吸が整うと奈緒が言い、やがて三人で身を起こすと、また湯殿に入っていったのだった。

三

「もう皆の傷も癒《い》えましたし、充分に骨休めさせて頂きましたので、明朝には国許へ発とうかと存じます」

夕餉《ゆうげ》の前、一同を集めた一馬が新右衛門に言った。

「そうか」

「はい、死んだものの弔《とむら》いもあるし、藩のことも気がかりなれば」

「あい分かった。殿にもそのように伝えよう」

新右衛門が答えた。

「ただ奈緒様と三友殿は、姫様の名残《なごり》も惜しいでしょうから今しばしの滞在を。二騎の馬は置いてゆきますので、後日それでお二人は帰参を」

一馬が言う。まるで憑《つ》き物が落ちたようで、最下級の藩士だった虎太郎の出世に刺激されたか、自分が率先して若侍をまとめようという使命感に目覚めたようだった。

「ああ、それも殿に伝えておく」

新右衛門は頷き、やがて退出していくと一同は夕餉を囲んだ。

「一馬殿、忝《かたじけな》い」

奈緒が言うと、一馬は照れたように笑みを浮かべた。

「いえ、今日は朱里様と茜様にあちこちを一緒に歩いてもらい、実に楽しゅうございました。江戸の良い思い出が出来ました」

一馬が言う。藩士たちは母娘《おやこ》とともに、芝居小屋から見世物まで見て回ったようだ。

もちろん誰も、虎太郎が奈緒や千代と三人で淫らに戯《たわむ》れていたなど夢にも思わないだろう。ただ朱里と茜だけは恐らく、そうしたこともあろうと察しているに違いない。

明朝に出立《しゅったつ》となると江戸最後の夜だから、新右衛門が気を利かせたのか急いで酒も出されてきた。

あまり酒は強くないので、虎太郎も少しだけ盃《さかずき》を舐めたが、むろん他の連中も乱れるほどに飲むことはなかった。

やがて宴《うたげ》を終えると各人は部屋へと戻り、虎太郎も寝巻に着替えた。

奈緒は昼間堪能したから、彼の部屋に忍んでくる様子はない。

朱里や茜も来ないので、虎太郎は仕方なく行燈《あんどん》を消して布団に横になった。

彼と奈緒が今しばしの滞在といっても、せいぜい一日二日ぐらいだろう。

姫や母娘と別れるのは名残惜しいが、国許へ戻れば奈緒との婚儀が待っているのだ。

それを思うと胸が膨らむし、役職や拝領の家も与えられることだろう。

土砂崩れに埋まった二親の位牌《いはい》も、新たに備えなければならない。

(忙しくなりそうだな……)

虎太郎は思いながら、いつしか眠り込んでしまった……。


――どれぐらい経ったか、ふと彼は揺すられて目を覚ました。

「虎太郎様、お急ぎを」

見ると、柿色《かきいろ》の装束に頭巾《ずきん》の茜ではないか。

「何があった」

すぐ飛び起きて言うと、茜が大刀を差し出してきた。

「昼間、大名の蔵を襲う盗賊の噂《うわさ》を聞きました。いま入ったようです。母が庭に出ていますが、虎太郎様も早く」

言うなり茜は部屋を飛び出していった。

虎太郎も寝巻姿のまま大刀を手に部屋を出ると、そのまま縁側の雨戸を開けて庭に降り立った。

月が傾き、正に草木も眠る丑三《うしみ》つ時（午前二時頃）である。

すると屋敷裏の土蔵の方から、荷を抱えた黒装束の一行が庭を横切ってきたではないか。全部で五人。

大名屋敷に忍び込むとは大胆不敵であるが、何を盗《と》られても武家は体面を気にして訴えないのが常で、それが好都合のようだ。

「待て！」

虎太郎は、全身を震わせながらも連中の前に立ちはだかった。母娘が付いていると思うと勇気が出たが、それでも声は上ずっている。

「ちっ、音を立てた覚えもないが気づかれたか。一人らしいから殺《や》っちまえ」

首領らしい男が言うと、他の連中も荷を置いて匕首《あいくち》を抜き放って迫ってきた。

しかし、虎太郎に駆け寄る順に、

「むご……！」

「ぐえぇ……！」

奇声を発し、盗賊どもが膝を突いて苦悶《くもん》しはじめたではないか。

月明かりだけだし、見ている藩士もいないので虎太郎は柄当《つかあ》てのふりすらしていない。

恐らく、物陰や屋根にいる母娘が素早く正確に飛礫《つぶて》を投げているのだろう。

「な、なに……！」

首領らしい男が、たちまち四人を倒されると目を丸くした。

さすがに首領も荷を下ろし、背負った剛刀を抜き放ったが、たちまち母娘の石飛礫を顔面や水月《すいげつ》に食らい、

「ウッ……！」

ひとたまりもなく呻いて地に転がった。

「皆の衆、お出合いめされい！」

虎太郎が大音声《だいおんじょう》を発すると、ようやく気づいた藩士たちが侍長屋から飛び出してきた。屋敷の縁側からも国許の藩士が出てきて、奥からは新右衛門も顔を覗かせた。

恐らく頼政も起きたことだろう。

「こ、これは……」

「土蔵破りです。逃げられる前で良かった」

虎太郎が藩士たちに言うと、新右衛門が庭に下りてきた。

「すぐ役人に報《しら》せろ！」

言うと、一人の藩士が駆け出していった。

面々は提灯《ちょうちん》を手にし、倒れている五人を見下ろして照らし、後ろ手に縛り上げはじめた。

「お、お手前が五人を一人で……？」

藩士たちが目を丸くして言い、まじまじと虎太郎を見た。

確かに、姫を救って褒賞《ほうしょう》をもらった彼だから、見かけによらぬとあらためて思ったことだろう。

母娘は、すでに屋敷に引っ込んで着替えているに違いない。単に茜に好かれたというだけで、いつも手柄を立てさせてもらい、本当に有難く、また済まないと虎太郎は思った。

「土蔵の鍵が破られております」

一人が裏から戻って新右衛門に言うと、

「そうか。役人が来て調べるだろうから、荷はそのままに」

彼は答え、すると間もなく役人も捕り方を従えて入ってきた。

そして首領の頭巾を引き剝《は》がし、

「やはり手配中の男です。恐らく最後にここを狙い、高飛びするはずだったのでしょう。お手柄ですぞ」

役人が一通り荷を確認すると、戻して良いと言われ、藩士たちが担いで蔵に戻っていった。

「虎太郎殿……」

興奮に頰を紅潮させ、甘ったるい匂いを漂わせた奈緒が、彼に寄ってきて声を震わせた。

すると新右衛門が一同を見回して怒鳴った。

「誰も気づかなかったのか、何という不覚！」

「あ、いえ、私はたまたま厠に立ったときに気づいただけですので」

虎太郎が藩士たちを庇《かば》って言うと、

「む……、不覚は儂《わし》も同じこと。姫のみならず、藩邸の財を守ってくれたこと、心より礼を言う」

新右衛門が白髪頭を下げて言った。

「め、滅相《めっそう》も……」

虎太郎は答え、江戸屋敷の藩士たちも項垂《うなだ》れていた。

やがて縛り上げた五人を捕り方たちが引っ立て、

「では、これにて」

役人は皆を従えて出ていった。藩士二人は、明日にも鍵を替えるまで、破られた土蔵を見張るようだ。

他のものは、侍長屋や屋敷へと入っていった。

「では朝まで休め。あらためて殿からお褒《ほ》めの言葉があろう」

新右衛門はそう言い、奥へ去っていった。

奈緒も名残惜しげにしていたが、盗賊が入ったからこそ、千代の側に付いていようと思ったか、奥向きへと入った。

「三友殿、すごいじゃないか。また土産話《みやげばなし》が増えたぞ」

一馬や国許の藩士たちが讃《たた》えるように言い、明日は道中なので、やがて皆もう一度寝ようと各部屋に去っていった。

虎太郎も一人で部屋に戻り、大刀を刀架《とうか》に置くと、また横になったがあまり眠くならない。

と、そこへ手燭《てしょく》を持った寝巻姿の朱里が入ってきて、行燈に火を入れたので彼も起き上がった。

「お疲れ様でした。虎太郎様」

「い、いいえ、そちらこそ。それにしても、手柄ばかり立てさせてもらい心苦しいです……」

「良いのですよ、茜が初めて夢中になった男だし、好きになるとはそういうことなのですから」

朱里が言い、たちまち虎太郎は茜の母親に激しい淫気を湧かせてしまった。

すると彼女も察したように、帯を解いて寝巻を脱ぎ去ると、下には何も着けていなかった。

彼も手早く全裸になり、二人で布団に横になっていった。

四

「ああ、良かった。匂いを消していなかったのですね……」

虎太郎は、朱里の熟れ肌から漂う甘ったるい体臭を感じて言った。

「ええ、匂いを消すのは素破《すっぱ》同士の戦いの時だけです。あのような破落戸《ごろつき》の盗賊相手には細工など要りません」

朱里は答え、彼の強《こわ》ばりに指を這わせてきた。

「ああ……」

虎太郎は快感に喘ぎ、朱里の愛撫に身を委ねていった。

昼間は千代や奈緒と三人で快楽の限りを尽くしたが、一眠りしたので心身ともに淫気満々である。

しかも相手さえ変われば、男というものは無尽蔵《むじんぞう》に淫気が湧いてくるものなのだろう。

激しい勃起を知ると朱里は身を起こして移動し、虎太郎も仰向けに身を投げ出して股を開いた。

彼女は真ん中に腹這い、まずふぐりを舐め回してから、肉棒の裏を舐め上げ、先端にチロチロと舌を這わせてきた。

「ああ、気持ちいい……」

虎太郎は喘ぎ、幹を震わせながら最大限に勃起していった。

朱里も念入りに舐めてから、丸く開いた口でスッポリと呑み込んだ。

温かく濡れた口腔に根元まで含まれ、彼女は隅々まで念入りに舌をからめ、熱い息を股間に籠もらせた。

さらに顔を上下させ、スポスポと強烈な摩擦を開始したので、

「あう、いきそうです……」

急激に高まった虎太郎が呻くと、彼女も一物を唾液に濡らしただけでスポンと口を離してくれた。そして添い寝し、仰向けの受け身体勢になったので彼は入れ替わりに身を起こして移動した。

まずは朱里の足裏に舌を這わせ、指の股に鼻を押しつけ、汗と脂に湿って蒸れた匂いを貪った。爪先を含み、順々に指の間に舌を割り込ませて味わい、もう片方の足指もしゃぶり尽くしてしまった。

そして脚の内側を舐め上げ、白くムッチリした内腿をたどり、熱気の籠もる股間に顔を寄せていった。

見ると割れ目は大量の淫水にヌラヌラと潤っていたが、あるいは淫法の達人なら、自在に濡らすことも出来るのだろう。

黒々と艶《つや》のある茂みに鼻を埋め、蒸れた汗とゆばりの匂いを嗅いで胸を満たすと、舌を這わせて熱いヌメリを舐め取った。

かつて茜が生まれ出た膣口の襞をクチュクチュと探り、滑らかな柔肉をたどって光沢あるオサネまで舐め上げていくと、

「アア、いい気持ち……」

朱里が熱く喘ぎ、ヒクヒクと下腹を波打たせた。

虎太郎もチロチロとオサネを舐めては、泉のように湧き出す淫水をすすり、味と匂いに酔いしれた。

さらに尻に向かおうとすると、察したように朱里がうつ伏せになり、四つん這いで豊満な尻を突き出してきた。

彼は谷間の蕾に鼻を埋め、蒸れた匂いを嗅ぎながら顔中に密着する双丘の弾力を味わった。

襞を濡らしてヌルッと舌を潜り込ませ、滑らかで甘苦い粘膜を探ると、

「あう……」

朱里が呻き、キュッと肛門で舌先を締め付けてきた。

やがて中で舌を蠢かせ、充分に堪能すると、

「後ろから入れて……」

彼女が言い、虎太郎も身を起こして股間を迫らせた。

先端を濡れた割れ目に擦りつけて位置を定めると、彼は後ろから膣口に挿入していった。

ヌルヌルッと一気に根元まで押し込むと、股間に尻の丸みが当たって弾んだ。

「アア、いい……」

朱里が白い背中を反らせて喘ぎ、キュッと締め付けてきた。

虎太郎は何度か腰を前後させて心地よい摩擦を味わい、さらに彼女の背に覆《おお》いかぶさり、両脇から回した手で豊かな乳房を揉《も》みしだいた。

髪に鼻を埋めて匂いを嗅ぎ、締め付けと温もり、肉襞の摩擦を味わいながら高まっていった。

しかし後ろ取り（後背位）だと顔が見えず、唾液や吐息が貰《もら》えないのが物足りない。やがて虎太郎は動きを止めて身を起こし、そろそろと一物を引き抜いていった。

すると朱里も分かっているように、横向きになって上の脚を真上へ差し上げていった。

虎太郎は下の内腿に跨がり、今度は松葉《まつば》くずしの体位で再び挿入しながら、上の脚に両手でしがみついた。

どうやら朱里は、彼に様々な体位を教えてくれているのだろう。

互いの股間が交差しているため密着感が増し、膣内の快感のみならず擦れ合う内腿の感触も実に良かった。

しかし、これも美女の顔に迫れないのが物足りず、また彼は動きを止めて肉棒を引き離した。

朱里も仰向けになって股を開いてくれたので、彼は本手《ほんて》(正常位)でみたび挿入し、股間を密着させると脚を伸ばして身を重ねていった。

「ああ、もう抜かないで。このまま最後までいって」

彼女が言うので、虎太郎も温もりと感触を味わいながら、屈《かが》み込んで両の乳首を交互に吸った。

顔中で豊満な膨らみを味わい、充分に乳首を舌で転がした。

さらに朱里の腕を差し上げ、腋の下にも鼻を埋め込んで色っぽい腋毛に沁み付いた、濃厚に甘ったるい汗の匂いで胸を満たした。

すると朱里がズンズンと股間を突き上げ、両手で激しくしがみついてきた。

虎太郎も合わせて腰を突き動かしはじめ、上からピッタリと唇を重ね、ネットリと舌をからめた。

「ンン……」

朱里が熱く鼻を鳴らし、息で彼の鼻腔を湿らせながら潤いと収縮を活発にさせていった。

彼も美女の生温かな唾液をすすりながら、滑らかに蠢く舌を味わい、徐々に動きを速め、いつしか股間をぶつけるように突き動かすと、クチュクチュと淫らに湿った摩擦音が聞こえてきた。

「アア、いきそうよ。もっと突いて、奥まで強く何度も……」

朱里が口を離して言うので、彼も何度か浅く動いてはズンと深く突き入れ、引くことを意識しながらカリ首の傘で内壁を擦った。

収縮が増すので、少しでも気を緩《ゆる》めると激しい締め付けに押し出されそうになるので、グッと力を入れて股間を押しつけた。

そして美女の熱く喘ぐ口に鼻を押し込み、湿り気ある濃厚な白粉臭《おしろいしゅう》の吐息を嗅ぐと、たちまち彼は昇り詰めてしまった。

「い、いく……。気持ちいい……」

虎太郎は絶頂の快感に口走りながら、ありったけの熱い精汁をドクンドクンと勢いよく注入した。

「あう、いいわ、もう駄目……。アアーッ……！」

朱里が噴出を感じて喘ぎ、ガクガクと狂おしい痙攣を開始した。

彼女が激しく腰を跳ね上げると、虎太郎は暴れ馬にしがみつく思いで全身を上下させ、抜けないよう動きを合わせて心置きなく最後の一滴まで中に出し尽くしていった。

満足しながら動きを弱めていくと、

「ああ……、良かったわ。すごく……」

朱里も声を洩らし、熟れ肌の強ばりを解いてグッタリと四肢を投げ出していった。まだ膣内は名残惜しげな収縮が続き、過敏になった幹がヒクヒクと跳ね上がった。

そして虎太郎は、美女の熱くかぐわしい吐息で鼻腔を満たしながら、うっとりと余韻を味わったのだった。

「これで、もうどんな女と交わっても満足させられるわ……」

朱里が彼を薄目で見上げ、熱い息遣いで囁いた。

どうやら淫法の達人からお墨付きが貰え、虎太郎も情交の免許皆伝になったようだった。

やがて重なったまま呼吸を整え、そろそろと股間を離してゴロリと横になると朱里が身を起こした。手早く懐紙《かいし》で陰戸を拭《ぬぐ》うと、屈み込んで淫水と精汁にまみれた一物をしゃぶってくれた。

「あう……」

虎太郎が腰をくねらせて呻き、朱里は舌で綺麗にすると彼にそっと布団を掛けてくれた。

「まだ半刻（約一時間）ばかりは眠れるでしょう」

彼女は言い、手早く寝巻を羽織ると行燈の灯を吹き消し、そのまま静かに部屋を出て行ったのだった。

五

「では、お世話になりました」

早朝、朝餉を終えた一馬が皆に言い、旅支度を調《ととの》えた国許の若侍たちも頭を下げた。

「ご苦労であった。気をつけて帰れ。重兵衛によろしくな」

頼政が頷いて言い、一行は外に出た。虎太郎も見送りに出ると、

「三友殿、お先に」

一馬たちが、彼にも頭を下げて言った。

「ええ、私も明朝にはこちらを発とうと思っておりますので」

虎太郎が答えると、一行は江戸藩邸を出ていった。

見送りして屋敷に戻ると、あらためて昨夜の騒動のことを虎太郎は頼政から褒められた。

そして頼政は、千代とともに大名たちにお目見えのため登城の仕度をし、乗物二挺《ちょう》で屋敷を出ていった。

朱里も付き添い、それを見送ると虎太郎は少し仮眠を取ろうとした。

しかし間もなく役人たちが来て、昨夜の聞き込みがなされた。江戸家老の杉田新右衛門が応対したが、もちろん虎太郎も同席し、その腕前を大層感心されたものだった。

役人が帰ると、ようやく虎太郎は昼まで休み、少々遅めの昼餉を済ませた頃、先に千代の乗物だけが戻ってきた。

お目見えをし、城中で昼餉を終えるとすぐ帰ってきたようだ。

千代は着替えて少し休息すると、やがて朱里に付き添われて虎太郎の部屋にやって来た。

「夕刻まで姫様のお相手をお願いします。ここへは誰も来ませんので」

朱里が言って出ていくと、急に千代は熱っぽい眼差《まなざ》しになって彼ににじり寄ってきた。

「お城では堅苦しくて疲れた」

「そうですか、お疲れ様でした」

「何人かの旗本や大名から、うちの息子をと言われたが、まだどんな方か分からぬし」

千代が嘆息して言う。

しかし、気に入ろうと入るまいと、決めるのは頼政と先方の親であり、姫に生まれた身の振り方は承知しているようだった。

「そうですね。でもどんな方にしろ、無垢《むく》な振りをなさって、自分からあれこれしたり求めたりしてはいけませんよ」

「ええ、だから今のうち虎太郎と……」

千代が言い、畳まれた布団を広げようとしたので、慌てて彼が敷き延べた。

「本当に、明日には帰るのか」

「ええ、お名残惜しゅうございますが」

「左様か、ならばこれが最後かも知れぬ……」

千代が、帯を解きながら言った。

虎太郎も手早く脱いで全裸になってしまった。朱里が、誰も来ないというので大丈夫だろう。

「昨日は奈緒と三人で楽しかったが、やはり二人きりが良い」

「そうですね」

言われて彼も頷いた。やはり三人での戯れは一生に一度の祭りのようなもので、本来の秘め事は一対一による密室の淫靡《いんび》さに限ると思った。

たちまち二人とも一糸《いっし》まとわぬ姿になり、布団に横になると、大胆にも千代がすぐにも勃起した一物に指を這わせてきた。

「嬉《うれ》しい、こんなに大きく……」

ニギニギと愛撫しながら顔を寄せて言い、チロチロと先端を舐め回しはじめたのである。虎太郎は、姫君をこのようにさせてしまった責任を感じながら快感に幹を震わせた。

仰向けになって身を投げ出すと、千代はスッポリと喉の奥まで呑み込み、幹を締め付けて吸いながらクチュクチュと舌をからめてきた。

「ああ……」

虎太郎は喘ぎ、股間に熱い息を受けながら唾液に濡れた一物を最大限に膨張させた。

千代は充分に唾液にまみれさせると、チュパッと口を離し、今度は愛撫を受けるように横になってきた。

彼は入れ替わりに身を起こすと、千代の足裏を舐め、縮こまった指の間に鼻を押しつけた。さすがに初の登城で緊張していたか、指の股は生ぬるい汗と脂にジットリと湿り、ムレムレの匂いが濃く沁み付いていた。

虎太郎は姫の足の匂いを貪り、爪先にしゃぶり付き、両足とも全ての指の間の味と匂いを堪能し尽くしてしまった。

「アア、いい気持ち……」

千代がうっとりと喘ぎ、自ら両膝を開いた。

虎太郎も脚の内側を舐め上げ、ムッチリした白い内腿をたどり、股間に顔を寄せていった。

すでに割れ目は大量の淫水にヌラヌラと潤い、恐らく堅苦しい城中にいる頃から、早く虎太郎としたくて仕方がなかったのだろう。

彼は顔を埋め込み、楚々とした柔らかな若草に鼻を擦りつけ、隅々に籠もって蒸れた汗とゆばりの匂いで鼻腔を刺激されながら、舌を挿《さ》し入れて淡い酸味のヌメリをすすった。

そして快感を覚えたばかりの膣口を掻き回し、味わいながらゆっくり小粒のオサネまで舐め上げていくと、

「アアッ……、何と心地よい……」

千代がビクッと顔を仰け反らせて喘ぎ、内腿でキュッと彼の顔を挟み付けた。

虎太郎はチロチロと舌先で弾くようにオサネを刺激しては、トロトロと溢れる蜜汁を舐め取った。

さらに両脚を浮かせ、尻の谷間に鼻を埋め、可憐《かれん》な蕾に籠もる蒸れた匂いを貪り、舌を這わせてヌルッと潜り込ませた。

「あう……」

千代が呻き、モグモグと肛門で舌先を締め付けてきた。

彼が舌を蠢かせ、滑らかな粘膜を探っていると、

「い、入れて、虎太郎……」

姫がせがんで自分から脚を下ろしてきた。彼も身を起こして股間を進め、幹に指を添えて先端を割れ目に擦りつけ、充分にヌメリを与えてからゆっくり膣口に差し入れていった。

ヌルヌルッと滑らかに根元まで潜り込ませると、

「アアッ……、いい……！」

千代が喘ぎ、両手で彼を抱き寄せた。虎太郎も股間を密着させながら脚を伸ばし、身を重ねていった。屈み込んで左右の乳首を交互に含んで舐め回し、顔中で柔らかな膨らみを味わった。

さらに腋の下にも鼻を埋め、生ぬるく湿った和毛《にこげ》に籠もる、甘ったるい汗の匂いに噎《む》せ返った。

すると千代が待ちきれないように下から激しくしがみつきながら、ズンズンと股間を突き上げはじめた。

虎太郎も合わせて腰を遣い、何とも心地よい肉襞の摩擦を味わい、次第に勢いを付けていった。さらに彼女の肩に腕を回して顔を寄せ、上から唇を重ねて舌を潜り込ませた。

滑らかな歯並びをたどると、

「ンン……」

千代も熱く呻き、チロチロと舌をからめてくれた。

虎太郎は姫の滑らかな舌を味わい、ヌメリをすすりながら股間をぶつけるように激しく律動した。

「ああ、もっと強く……」

千代が口を離して喘ぎ、彼も甘酸っぱい果実臭の吐息を嗅ぎながら、そのまま昇り詰めてしまった。

「く……！」

大きな快感に呻きながら、熱い精汁をドクンドクンと勢いよく注入すると、

「い、いい気持ち……。アアーッ……！」

千代が声を上ずらせ、収縮と潤いを増しながらガクガクと狂おしい痙攣を開始したのだ。どうやら本格的に気を遣ってしまったらしい。

彼は締め付けと摩擦の中で快感を噛み締め、心置きなく最後の一滴まで出し尽くしていった。

満足しながら徐々に動きを弱めていくと、

「ああ……。奈緒のように、すごく感じてしまった……」

千代は上気した顔で喘ぎ、肌の硬直を解きながらグッタリと身を投げ出していった。まだ膣内の収縮はキュッキュッと続き、彼自身はヒクヒクと過敏に中で跳ね上がった。

そして虎太郎は、姫君のかぐわしい吐息を間近に嗅いで鼻腔を満たしながら、うっとりと余韻に浸り込んでいったのだった。

第六章　快楽の日よいつまで

一

「茜との別れが、いちばん辛《つら》い……」

風呂と夕餉《ゆうげ》を終えた夜半、虎太郎は部屋に来た茜に言った。

「ええ、私もです。でも私はいつでも気ままに帰れますから」

「ああ、そうしてくれ」

茜が言い、彼もこれが今生《こんじょう》の別れでないならばと納得して答えた。

自分の幸運の全ては、この茜と交わったことから始まったのである。

そういえば茜と情交してからというもの、彼は一回も自分で手すさびしていないことに気がついた。それだけ虎太郎は、毎日のように多くの美女たちと入れ替わり立ち替わり快楽を分かち合っているのだ。

もちろん茜も、情交するつもりで虎太郎の部屋を訪ね、彼が匂いを好むのを知っているから、まだ入浴前であった。

彼も淫気を湧かせ、激しく勃起しながら寝巻を脱ぎ去っていった。

茜も手早く一糸《いっし》まとわぬ姿になると、彼は布団に仰向けになっていった。

「ここに座って」

虎太郎は下腹を指して言い、茜も跨《また》がって座り込んでくれた。

姫君の千代は羞恥心が薄いが、素破《すっぱ》の茜はさらにためらいなく、言われたことをすぐに行い、男の顔を踏もうが跨がろうが平気だった。

彼は立てた両膝に茜を寄りかからせ、足首を摑《つか》んで引き寄せると、両の足裏を顔に乗せてもらった。

踵《かかと》と土踏まずの感触を味わいながら舌を這わせ、指の股の蒸《む》れた匂いを貪《むさぼ》って爪先にしゃぶり付いた。

「あん……」

茜は小さく喘《あえ》ぎ、彼の口の中で指を縮めた。

虎太郎は両足とも、全ての指の股を舐めて汗と脂《あぶら》の湿り気を吸収した。下腹に密着する陰戸《ほと》が、次第に熱く濡れてくる様子が伝わってきた。

そして顔の左右に脚を置くと、彼女も心得たように前進し、彼の顔にしゃがみ込んでくれた。

彼は、顔中に覆《おお》いかぶさる股間を見上げ、生ぬるい熱気を吸い込んだ。

両の内腿がムッチリと張り詰め、ぷっくりした割れ目からはみ出す花びらがヌラヌラと潤《うるお》っていた。

腰を抱き寄せて若草に鼻を埋《うず》め、汗とゆばりが混じって蒸れた匂いを胸いっぱいに貪り、彼は舌を這わせていった。

息づく膣口からオサネまで味わいながらゆっくり舐め上げると、

「あう……、いい気持ち……」

茜が呻《うめ》き、キュッと股間を押しつけてきた。

虎太郎は味と匂いを貪ってから、尻の真下に潜り込み、顔中に丸い双丘を受け止めながら、桃色の蕾《つぼみ》に籠もった蒸れた匂いで鼻腔《びこう》を満たした。

充分に嗅《か》いでから舌を這わせ、ヌルッと潜り込ませて粘膜を探ると、陰戸から溢《あふ》れた淫水がツツーッと彼の鼻先に糸を引いて滴《したた》ってきた。

やがて前も後ろも味と匂いを貪り尽くすと、茜が自分から股間を浮かせて移動し、彼の股間に腹這いになった。

そして彼の両脚を浮かせ、尻の谷間を舐め回し、ヌルッと舌先を潜り込ませてきた。

「く……」

虎太郎は浮かせた脚を震わせて快感に呻き、モグモグと肛門で舌先を締め付けた。茜が中で舌を蠢《うごめ》かせるたび、屹立《きつりつ》した肉棒がヒクヒクと上下して鈴口《すずぐち》から粘液が滲《にじ》んだ。

やがて脚が下ろされると、茜は彼の股間に熱い息を籠もらせ、ふぐりにしゃぶり付いてきた。

舌で二つの睾丸《こうがん》を転がし、生温かな唾液にまみれさせると、前進して肉棒の裏側を舐め上げていった。滑《なめ》らかな舌が先端まで来ると、鈴口から滲んだ粘液をチロチロと舐め取り、張り詰めた亀頭をくわえ、スッポリと喉の奥まで呑み込んで吸い付いた。

「ああ、気持ちいい……」

虎太郎は快感に喘ぎ、茜の口の中で幹を震わせた。

茜も熱い鼻息で恥毛をそよがせながら幹を締め付け、口の中ではクチュクチュと舌が蠢いた。

たちまち一物《いちもつ》は生温かく清らかな唾液にまみれ、虎太郎がズンズンと股間を突き上げると、彼女も顔を上下させ、濡れた口でスポスポと強烈な摩擦を繰り返してくれた。

「い、いきそう……」

すっかり高まった虎太郎が言うと、茜も口を離して身を起こし、すぐにも前進して彼の股間に跨がってきた。

そして唾液に濡れた先端に割れ目を押し当て、息を詰めてゆっくり座り込んでいくと、彼自身はヌルヌルッと滑らかに根元まで呑み込まれていった。

「アアッ……！」

茜が股間を密着させ、顔を仰《の》け反《ぞ》らせて喘いだ。

彼も肉襞の摩擦と締め付けに包まれて快感を嚙み締め、両手を伸ばして茜を抱き寄せた。

身を重ねると、虎太郎は潜り込むようにしてチュッと乳首に吸い付き、舌で転がしながら顔中で膨《ふく》らみの感触を味わった。

下から両手を回して抱き留め、両膝を立てて尻を支え、彼は左右の乳首を含んで舐め回した。

さらに腋《わき》の下にも鼻を埋め、和毛《にこげ》に生ぬるく籠もる甘ったるい汗の匂いを貪って胸を満たした。

悩ましい体臭に包まれながらズンズンと股間を突き上げはじめると、

「ああ……、いい気持ち……」

茜が熱く喘ぎ、合わせて腰を動かしてくれた。

互いの動きが一致するとピチャクチャと湿った摩擦音が聞こえ、溢れた淫水が互いの股間をビショビショにさせた。

顔を引き寄せ、熱い喘ぎを嗅ぐと、それは千代よりもさらに濃く甘酸っぱい、故郷の野山になる果実の匂いがしていた。

互いに腰を動かしながら唇を重ね、ネットリと舌をからめると、やはり茜は虎太郎の好みを充分に知っているから、生温かく大量の唾液をトロトロと注ぎ込んでくれた。

彼は小泡の多い唾液を味わい、呑み込んでうっとりと喉を潤した。

さらに顔中も茜の口に擦《こす》りつけると、彼女は唾液を垂らしながら舌を這わせてくれ、彼の鼻も頬も瞼《まぶた》も、ヌラヌラとまみれさせてくれた。

「ああ、いきそう……」

虎太郎が股間を突き上げながら、茜の唾液と吐息の匂いに高まると、彼女も膣内の収縮を活発にさせ、全身まで呑み込むようにキュッキュッときつく締め上げてきた。

すると一足先に、茜がガクガクと狂おしく痙攣《けいれん》し、

「い、いっちゃう……。アアーッ……！」

声を上ずらせながら激しく気を遣《や》ってしまったのだ。淫法使いが、相手より先に果てるというのは、よほど心地よかったか、しばしの別れと思うと高まりが早かったのかも知れない。

虎太郎も、艶《なま》めかしい収縮に巻き込まれるように、続いて激しく昇り詰めてしまった。

「く……、気持ちいい……！」

大きな絶頂の快感に口走りながら、熱い精汁をドクンドクンと勢いよくほとばしらせると、

「あう、感じる……！」

奥深い部分に熱い噴出を受け止めた茜が、駄目押しの快感を得たように呻いて収縮を強めた。

虎太郎も心ゆくまで快感を味わい、最後の一滴まで出し尽くしていった。

突き上げを弱めてゆき、やがて完全に動きを止めると、茜も満足げに力を抜いて彼にもたれかかってきた。

「ああ……」

虎太郎も充分すぎるほど満足しながら声を洩らし、まだ息づく膣内でヒクヒクと過敏に幹を跳ね上げた。そして彼は茜の重みと温もりを味わい、甘酸っぱい果実臭の吐息を間近に嗅いで胸を満たしながら、うっとりと快感の余韻に浸り込んでいった。

「もう、誰としても虎太郎様はどんな女でも夢中にさせられますよ」

茜が息を弾ませて囁《ささや》いた。そういえば朱里にも、そのようなことを言われたものだった。

あるいは淫法の達人たちの体液を吸収するうち、彼にも淫法に似た力が備わってきたのかも知れない。

重なったまま呼吸を整えると、やがてそろそろと茜が身を起こした。

「お風呂に行きましょうか」

彼女が言うので、虎太郎も起き上がった。

この刻限なら、もう誰も起きていないだろう。

全裸で寝巻を抱えたまま、そっと二人で部屋を出ると、暗い廊下を奥へ進んでいった。手燭《てしょく》がなくても夜目が利くのか、茜がどんどん進んでいくので彼は懸命に従った。

やがて薄暗い湯殿に入ると、二人は残り湯を浴びて股間を流した。

もちろん虎太郎は、湯に濡れた茜の肌を見ているうち、すぐにもムクムクと回復してしまった。

何しろ別れが名残惜《なごりお》しいし、今宵《こよい》もう一回果てれば、ぐっすり眠れるだろうからと彼は茜に迫っていった。

二

「ね、ゆばりを出して……」

虎太郎が広い洗い場の簀《す》の子《こ》に仰向けになって言うと、すぐに茜も彼の顔に跨がり、しゃがみ込んでくれた。

彼も真下から彼女の腰を抱き寄せ、陰戸に鼻と口を押し当てていった。

割れ目内部を舐めているうち、柔肉が蠢いて収縮が強まった。

「いいですか。出ます……」

茜が言うなり、チョロチョロと熱い流れが彼の口に注がれてきた。

虎太郎は夢中で受け止め、淡い味と匂いを堪能しながら噎《む》せないよう気をつけて喉に流し込んだ。

勢いが増すと口から溢れた分が温かく頬を伝い、両耳にも流れ込んできた。

やがて勢いが弱まって、間もなく流れが治まると、彼はポタポタ滴る雫《しずく》を舐め取り、残り香の中で割れ目内部に舌を這い回らせた。

「ああ、いい気持ち……」

オサネを舐められ、茜がビクリと反応して喘いだ。

虎太郎もすっかり勃起し、元の硬さと大きさを取り戻しながら全てのヌメリを貪り尽くした。

ようやく舌を引っ込めると、茜も股間を引き離してきた。

「どうします。もう一度入れるか、それとも私のお口に」

茜が言うので、彼は添い寝させた。

「いきそうになるまで指でして、最後は二つ巴《どもえ》で果てたい」

言うと茜もやんわりと手のひらに幹を包み込み、ニギニギと微妙に愛撫してくれながら唇を重ねてくれた。

注がれる唾液で喉を潤し、たちまち彼は茜の手の中で高まってきた。

さらに茜の口に鼻を押し込み、湿り気ある甘酸っぱい吐息を嗅ぎながら絶頂を迫らせていった。

彼女も、まるで一物をしゃぶるように虎太郎の鼻に舌を這わせ、開いた口で覆って、好きなだけ果実臭の息を嗅がせてくれた。

「ああ、いきそう……」

匂いに酔いしれながら言うと、茜が移動して一物にしゃぶり付き、上から二つ巴で彼の顔に股間を押しつけてきた。

下から股間を抱えて陰戸に鼻と口を埋めると、まだゆばりの匂いが少し残り、彼が嗅ぎながら舌を這わせると新たな淫水がトロトロと溢れてきた。

「ンンッ……」

オサネを舐められると、茜は感じたように尻をくねらせて呻き、深々と含んで舌をからめてくれた。虎太郎もズンズンと股間を突き上げ、ジワジワと高まっていった。

普通、最も感じる部分を舐め合うと愛撫に集中できなくなりそうなものだが、さすがに淫法の達者である茜は吸引も摩擦も舌の蠢きも、実に巧みに続けてくれていた。

しかし虎太郎は口を離し、真下から艶めかしい陰戸と肛門を見上げながら快感を受け止めた。

見られているだけでも、あるいは愛撫していながら自分も感じているのか、茜の陰戸からは新たな淫水が糸を引いて滴ってきた。

それを舌に受けながら、たちまち彼は昇り詰めてしまった。

「い、いく……!」

大きな快感に貫かれて口走りながら、虎太郎はありったけの熱い精汁をドクンドクンと勢いよくほとばしらせた。

「ク……」

喉の奥を直撃された茜が小さく呻き、なおもチューッと強く吸引して精汁を吸い出してくれた。

「あう、すごい……」

虎太郎は声を洩らし、激しい快感にクネクネと腰をよじった。

精気を全て吸い取られる思いで最後の一滴まで出し尽くすと、

「ああ……」

彼はすっかり満足しながら声を洩らし、グッタリと身を投げ出していった。

茜も摩擦と吸引を止《や》め、亀頭を含んだまま口に溜まった精汁をコクンと一息に飲み干してくれた。

「あうう……、気持ちいい……」

虎太郎はキュッと締まる口腔に刺激され、駄目押しの快感に呻いた。

すると、ようやく茜もチュパッと口を離し、優しく幹を指でしごきながら、鈴口に滲む余りの雫までペロペロと丁寧に舐め取ってくれた。

「も、もういい。有難う……」

虎太郎は過敏に幹を震わせて言い、茜も舌を引っ込めて身を起こし、彼の呼吸が整うまで添い寝してくれた。

彼も茜の胸に抱かれ、熱い吐息を嗅ぎながら余韻に浸った。

茜の吐息に精汁の生臭さは残っておらず、さっきと同じかぐわしい果実臭がしていた。

「ああ、良かった……」

虎太郎は呼吸を整えて言い、茜に支えられながらそろそろと身を起こした。

そしてもう一度二人で身体を流し、身体を拭いて寝巻を着た。

途中まで一緒に廊下を進むと、やがて別れてそれぞれの部屋に戻った。

すぐに虎太郎はぐっすりと眠り、江戸最後の夜を過ごしたのだった。

三

「では、お世話になりました。これにて出立《しゅったつ》いたします」

朝餉を終えて仕度を調《ととの》えた虎太郎は、奈緒とともに頼政に挨拶《あいさつ》をした。

奈緒は、元の男装に戻っていた。

馬ならその方が動きやすいし、藩に戻れば女姿でいなければならないので、この道中が最後の男姿である。

「おお、気をつけてゆけ。これは婚儀の祝いだ」

頼政が言い、反物《たんもの》や器の入った包みを渡してくれた。

横では、千代が今にも泣きそうな顔で虎太郎を見つめている。

名残も惜しいが仕方がない。虎太郎は奈緒とともに立ち上がり、屋敷を出た。

　すると藩士たちに混じり、朱里と茜が見送りに出てきた。

　二頭の馬に荷を括《く く》り付け、馬上の人となると、

「では」

　母娘《おやこ》や一同に頭を下げ、二人は門から出ていった。

　まだ日が昇ったばかりだ。まずは神田から千住にゆき、あとは水戸街道をひたすら北上である。

　馬は歩くよりずっと楽ではあるが、大股開きで鞍《くら》に跨がったまま全身が上下に揺すられるので、それなりに疲れる。

　それでも奈緒は虎太郎よりずっと慣れた手綱《たづな》さばきで、戛々《かつかつ》と蹄《ひづめ》の音を立てて滑らかに進んでいた。

　彼は姫や母娘との別れが辛かったが、奈緒は虎太郎さえいれば良いというふうに、その顔は晴れやかに輝いている。

　やがて並足で千住を抜け、前に一泊した新宿も過ぎると、すっかり江戸の喧騒《けんそう》も遠のき、風景も次第に長閑《のどか》なものに変わってきた。

　そして松戸の宿で少し馬を休めると、二人は茶店で昼食を取った。

「良い秋晴れですね」

「ええ、難なく明日の日暮れ前には帰参できるでしょう」

互いに馬上では話もままならないので、縁台に座ると奈緒が嬉《うれ》しげに話しかけてきた。

茶を飲むと立ち上がり、また二人は馬に乗って北上した。

小金を過ぎると陽が傾いてきたので、今日は我孫子の宿に泊まることにした。

馬を繋《つな》いで旅籠《はたご》に入り、足袋《たび》を脱ぎ足を洗って二階に上がった。むろん二人で一つの部屋だ。

着替えて寛《くつろ》ぐと、間もなく夕餉の膳が運ばれてきた。

江戸藩邸のご馳走《ちそう》には及ばず、酒も頼まず干物に漬け物に吸い物だが、二人ともも元より藩で質素な暮らしをしてきた。

むしろ食事などより、奈緒は二人でいられるのが嬉しくてならないようだ。

食事を済ませると、まずは虎太郎は階下の風呂場に行った。

入ると、行商人たちが多く浸かっていた。男たちが済んでから、遅くなって女客たちの入浴となる。

虎太郎は身体を流し、湯に浸かって上がり、二階の部屋に戻っていった。

すでに空膳は下げられ、二組の床が敷き延べられている。

寝巻姿の奈緒は窓の外を見ていたが、障子を閉めて布団に来た。湯を使っている僅《わず》かの間にも、室内には女の匂いが生ぬるく立ち籠めていた。

「まだ風呂は男客たちで混んでいます」

「ええ、先に流したかったのに残念」

「いいですよ、そのままの方が」

虎太郎が激しく勃起しながら帯を解くと、彼女も待ちかねていたように寝巻を脱いでいった。

「汗臭いけれど構いませんか」

「ええ、奈緒様の匂いは大好きですので」

彼が答えると、奈緒は羞じらいながら全裸で布団に横たわった。

虎太郎ものしかかり、チュッと乳首に吸い付いて舌を這わせると、

「アア……」

すぐにも奈緒が熱く喘ぎ、クネクネと身悶《みもだ》えはじめた。

それでも喘ぎ声はかなり控えめである。やはり姫との道中での貸し切りの宿とは違い、隣室にも客がいるのだ。

虎太郎は左右の乳首を含んで舐め、甘ったるい体臭に酔いしれた。

充分に両の乳首を味わうと、彼は奈緒の腕を差し上げ、腋の下に鼻を埋め込んで嗅いだ。

「あう……」

奈緒が呻き、ビクリと身を強《こわ》ばらせた。やはり自分だけ体を洗っていないのが気になるのだろう。彼と交わってから、この女丈夫《じょじょうふ》もだいぶ女らしい羞恥心を芽生えさせてきたようだった。

虎太郎は生ぬるく湿った腋毛に鼻を擦りつけ、濃厚に甘ったるい汗の匂いに噎せ返りながら激しく勃起した。

充分に胸を満たしてから引き締まった肌を舐め下り、股間を後回しにして腰から長い脚を舐め下りていった。

脛《すね》の体毛にも舌を這わせ、足首まで行って大きな逞《たくま》しい足裏に回り込んで舐め回した。

「く……」

奈緒が、くすぐったそうに息を詰めて呻いた。

一昨日《おととい》は千代とともに大胆な愛撫をやり尽くしたのに、やはり二人きりとなると新鮮な感覚が甦《よみがえ》っているのだろう。

太く逞しい足指の間に鼻を押しつけると、そこは生ぬるい汗と脂にジットリ湿り、蒸れた匂いを濃く沁み付かせていた。

虎太郎は匂いを貪ってから爪先をしゃぶり、指の股に舌を割り込ませて隅々まで味わった。

奈緒は手で口を押さえ、必死に喘ぎ声を抑えながら身をくねらせていた。

彼は両足とも味と匂いを貪り尽くすと、奈緒をうつ伏せにさせた。

そして踵から脹《ふく》ら脛《はぎ》、汗ばんだヒカガミから太腿をたどり、尻の丸みから滑らかな腰と背中を舐め上げていった。

張りのある肌は汗の味がし、

「あう……」

背中は感じるのか、奈緒は顔を伏せて呻いた。

虎太郎は肩まで行って、甘い匂いの長い髪を掻き分け、耳の裏側の湿り気も嗅いで舌を這わせると、再び背中を舐め下り、たまに脇腹にも寄り道しながら形良い尻に戻ってきた。

うつ伏せのまま股を開かせて腹這い、尻に顔を迫らせて指でむっちりと谷間を広げた。

桃色をした、枇杷《びわ》の先のように僅かに突き出た蕾に鼻を埋めて蒸れた匂いを嗅ぎ、舌を這わせてヌルッと潜り込ませると、

「き、汚いから。堪忍《かんにん》……」

奈緒が息を震わせて言い、キュッときつく肛門で舌先を締め付けてきた。

虎太郎は舌を蠢かせ、淡く甘苦い微妙な味わいのある滑らかな粘膜を探りながら、顔中で張りのある双丘を味わった。

舌を出し入れさせるように蠢かせてから、ようやく顔を上げて再び彼女を仰向けにさせると、

「アア……」

奈緒はすっかり朦朧《もうろう》となって顔を上気させ、熱く喘いでいた。

ムッチリと張りのある内腿を舐め上げ、熱気と湿り気の籠もる股間に迫って見ると、割れ目からはみ出した陰唇はヌラヌラと大量の淫水に潤っていた。

陰唇を指で左右に広げると、襞が入り組んで息づく膣口からは、白っぽく濁《にご》った蜜汁が滲んでいた。

包皮を押し上げるようにツンと突き立った大きなオサネは、愛撫を待つようにツヤツヤした光沢を放っていた。

もう堪《たま》らずに顔を埋め込み、柔らかな茂みに鼻を擦りつけて嗅いだ。

汗とゆばりの匂いが濃厚に蒸れ、悩ましく彼の鼻腔を刺激してきた。

「いい匂い」

「あう……！」

嗅ぎながら思わず股間から言うと、奈緒が呻き、キュッときつく内腿で彼の両頬を挟み付けてきた。

虎太郎はもがく腰を抱え込んで押さえ、舌を挿《さ》し入れて淡い酸味のヌメリを掻き回し、息づく膣口から大きなオサネまでゆっくり舐め上げていった。

「アア……。い、いい気持ち……」

奈緒がビクッと顔を仰け反らせて喘いだが、それは隣室を慮《おもんぱか》り囁くような声であった。

彼は舌を這わせては溢れる淫水をすすり、大きなオサネに乳首のように執拗《しつよう》に吸い付いた。

「も、もう駄目……」

すっかり高まった奈緒が嫌々をし、身を起こしてきたので、ようやく虎太郎も股間から這い出して仰向けになっていった。

するとと彼女が移動し、屹立した一物にしゃぶり付いてきたのだ。

受け身に転じた虎太郎は、奈緒の舌の蠢きに身を委ね、快感を嚙み締めた。

奈緒は粘液の滲む鈴口を舐め回し、張り詰めた亀頭をくわえると、そのままモグモグとたぐるように喉の奥まで吞み込んでいった。

「ああ……」

虎太郎は快感に喘ぎ、奈緒の口の中でヒクヒクと幹を震わせた。

奈緒も熱い息を彼の股間に籠もらせ、幹を口で丸く締め付けて強く吸い付き、口の中では長い舌をからめ、肉棒全体をたっぷりと生温かな唾液にまみれさせてくれた。

さらに顔を上下させ、スポスポと摩擦してくれたので、彼も股間を突き上げながら、すっかり高まっていった。

「い、入れたい……」

彼が言うと、奈緒もスポンと股間を引き離し、

「私が上でよろしいですか」

言うなり前進して跨がってきた。もちろん彼は茶臼《ちゃうす》（女上位）が好きだし、まだ婚儀前なので身分は彼女の方が遥かに格上である。

奈緒は先端に陰戸を押し当て、息を詰めて感触を味わいながら、ゆっくりと腰を沈み込ませていった。

たちまち彼自身は、ヌルヌルッと滑らかな肉襞の摩擦を受けながら、完全に根元まで嵌《は》まり込んでしまった。

「アア……！　いい……」

奈緒が顔を仰け反らせて喘ぎ、キュッキュッと締め付けるたび腹に段々の筋肉が浮かんだ。

やがて彼女が身を重ねてきたので、虎太郎は両膝を立て、両手で抱き留めた。

すると奈緒が息がかかるほど近々と顔を寄せ、まじまじと彼の目を覗《のぞ》き込んできた。

どうしてこんな弱そうな男と一緒になろうとしたのだろう、と、そんなことを思っているのかも知れない。

そして彼こそ、本当に自分などで良いのだろうかと今も思っていた。

しかし彼女はそのままピッタリと唇を重ね、自分からヌルリと長い舌を潜り込ませてきた。虎太郎も舌をからめ、息で鼻腔を湿らせながら、生温かな唾液に濡れた舌の蠢きを味わった。

彼は下から大柄な美女にしがみついて執拗に舌を舐め、滴る唾液をすすった。

そしてズンズンと股間を突き上げはじめると、

「アアッ……」

奈緒が口を離し、唾液の糸を引きながら熱く喘ぐと収縮と潤いが増し、彼女も腰を遣《つか》いはじめた。

いったん動きはじめると互いに止まらなくなり、たちまち股間をぶつけ合うほどに律動が一致し、クチュクチュと湿った摩擦音が響いた。

奈緒の喘ぐ口に鼻を押し込んで熱い湿り気を嗅ぐと、息はいつもの濃厚な花粉臭を含んで、悩ましく彼の鼻腔を刺激してきた。

たちまち彼は昇り詰め、

「く……！」

大きな絶頂の快感に短く呻きながら、ありったけの熱い精汁をドクンドクンと勢いよくほとばしらせてしまった。

「あう、気持ちいい……！」

すると噴出を奥に感じた奈緒が、そのままガクガクと狂おしい痙攣を開始し、激しく気を遣ってしまったのだった。

収縮する膣内で彼自身は揉《も》みくちゃにされ、心ゆくまで快感を味わいながら最後の一滴まで出し尽くしていった。

すっかり満足しながら突き上げを弱めていくと、

「アア……、溶けてしまいそう……」

奈緒も声を洩らし、するごとに大きくなる快感に身を震わせながら、力を抜いてグッタリともたれかかってきた。

彼は重みを受け止めながら息づく膣内でヒクヒクと幹を震わせ、かぐわしい吐息を嗅ぎながら、うっとりと余韻を味わったのだった……。

四

「では、参りましょうか」

朝餉を終え、我孫子の宿を出た虎太郎と奈緒は、馬に跨がって出立した。

二人とも昨夜の疲れは微塵《みじん》も残っておらず、むしろ奈緒は顔の色艶《いろつや》がさらに増していた。

昨夜は、あれから奈緒が風呂に行っている間に虎太郎は眠ってしまったのだ。

そして明け方に目を覚ました彼は、隣で寝ている奈緒を見て、朝立ちの勢いもあって激しく欲情した。

さらに彼女の、寝起きで濃厚になった吐息を嗅ぐと、なおさら我慢できなくなったが、今日も早いので必死に堪《こら》えたのである。

それに考えてみれば、今後死ぬまで共に長く暮らすのだから、そう性急にしまくることもないのだと思い直した。

とにかく朝は何事もなく、他の客に会っても変な顔はされなかったので、昨夜の喘ぎ声もさして聞こえなかったのだろう。

我孫子から取手の宿を越え、藤代に着くと二人は早めの昼餉を済ませた。

あとは街道をそれ、山道を北西に向かうだけである。

もう山道は人の通りもなく、馬たちも故郷が近くなったことが分かったのか、次第に早足になっていった。

これなら、充分に日のあるうちに陣屋敷に戻れるだろう。

風を受けながら走ると、前に姫が襲われた場所に来た。

歩を緩《ゆる》め、多くの藩士が命を落とした場所に二人で手を合わせ、また領内に向かって進みはじめた。

次第に上り坂となり、右に流れる河原も遥か眼下になっていった。左は山に繋がる草の斜面である。もう領内は目と鼻の先だった。と、そこで奈緒が馬を止めた。

「どうしました」

「ここで、したい……」

奈緒が言うので、虎太郎も馬から下りた。

「領内へ入れば、私は花嫁修業の身となり、婚儀が済むまではそう気ままに出来ないでしょう。だから、男姿の最後はここで」

そう言われると、虎太郎もその気になって頷《うなず》いた。

奈緒が、二頭の馬の手綱を傍《かたわ》らの木立に括り付けた。

すると、その時である。草の斜面をザザーッと駆け下りるものがあった。

剛刀を抜き放った一人の山賊《さんぞく》である。

「仲間の敵《かたき》だ！」

男は言い、恐らく姫の襲撃に加わらなかった一人がいたようだ。

馬を繋いでいた奈緒は急いで柄袋《つかぶくろ》を外しにかかったが、奴は弱そうな虎太郎の正面に躍り出てきた。

（う、うわ……！）

怯《ひる》みながらも虎太郎は思わずいつものように、咄嗟《とっさ》に柄袋ごと柄頭《つかがしら》を男の水月《すいげつ》に突き出していた。

「むぐ……！」

するとと男は目を剝《む》いて呻き、そのままヨロヨロとたたらを踏むなり、右手の崖《がけ》から真っ逆さまに転落していったのである。

「うわーッ……！」

男の絶叫に虎太郎は息を震わせ、思わず崖下の岩場を見た。この高さでは、とても助からないだろう。

（まさか、茜……？）

虎太郎は思わず周囲を見回した。もしかしたら茜が陰ながら付いてきてくれたのか、それとも素破の里の誰かに報《しら》せ、虎太郎たちを守るよう頼んでいたのだろうか。

「今の一人だけです。他には誰もいません」

奈緒が近づいて言った。周囲を見ている虎太郎が、残党を探していると思ったのだろう。

「それにしても、流石《さすが》……」

奈緒が言い、またもや出遅れたことを嘆息しながら柄袋を直した。

「一度で良いから、一太刀《ひとたち》なりと浴びせたかったのですが……。いや、これから花嫁になるのだから、人など殺《あや》めなくて良かったのですね……」

彼女は言って呼吸を整え、恐る恐る崖下を覗き込んだ。そして向き直ると、

「さあ……」

虎太郎の手を握って草の斜面を登りはじめた。

崖下で男が死んでいるのに淫気は衰えないのか、むしろ興奮が高まっているようだ。それでも、さすがに道端では出来ないので、斜面を登って良い場所を見つけた。

「ここなら、仮に下を誰かが通っても見られることはないでしょう」

奈緒は言い、大小を鞘《さや》ぐるみ草の上に置き、羽織と袴《はかま》を脱ぎはじめた。

虎太郎もピンピンに勃起しながら刀を置き、手早く羽織を脱いで草に敷いた。

空の下でするなど初めてのことで、死地を脱した興奮も加わって、激しく胸が高鳴った。

あるいは助けてくれた素破が見ているかも知れないが、もう止まらない。

奈緒は下帯《したおび》を解いて、乱れた襦袢《ジュバン》姿だけになり、彼も襦袢だけ羽織って屹立した一物を晒《さら》した。

草原は緩やかな斜面で、まず彼は脱いだものに座った奈緒の足裏に顔を埋めて舌を這わせ、指の股に鼻を割り込ませて蒸れた匂いを貪った。やはりここは、必ず味わわないといけない場所である。

嗅いでから爪先をしゃぶり、両足とも全ての味と匂いを堪能し、汗と脂の湿り気を貪り尽くしてしまった。

「あう、汚いのに……」

奈緒は呻いたが、すっかり高まった興奮に熱く息を弾ませていた。

虎太郎は彼女の股を開かせ、張りのある脚の内側を舐め上げ、ムッチリした内腿をたどって股間に迫った。

陽射しの下で見る割れ目は実に艶めかしく、指で広げると隅々まで照らされてよく見えた。

「アア、恥ずかしい……」

奈緒も、陽を受けているのを意識して喘ぎ、クネクネと腰をよじらせた。

先に彼は奈緒の両脚を浮かせ、尻の谷間に鼻を埋め込んでいった。

やや突き出た桃色の蕾に籠もる、ムレムレの悩ましい匂いを嗅いで鼻腔を刺激され、舌を這わせてヌルッと潜り込ませた。

「あう……」

奈緒が呻き、モグモグと味わうように肛門で舌先を締め付けてきた。

野外だと興奮も異なり、彼女の匂いに周囲の草いきれも混じって鼻腔をくすぐってきた。

滑らかな粘膜を充分に舐めてから脚を下ろし、虎太郎は柔らかな茂みに鼻を擦りつけ、隅々に籠もって蒸れた汗とゆばりの匂いで胸を満たした。

割れ目の内側を舐めると、大量に溢れた生ぬるい淫水がヌラヌラと舌の動きを滑らかにさせた。

膣口の襞をクチュクチュ掻き回し、大きく突き立ったオサネまでゆっくり舐め上げていくと、

「アアッ……、いい気持ち……！」

奈緒が身を弓なりに反らせて喘ぎ、内腿でキュッときつく彼の顔を挟み付けてきた。虎太郎は匂いに酔いしれながらオサネに吸い付き、舌で転がしては溢れるヌメリをすすった。

するとと奈緒が身を起こしてきて、

「す、すぐいきそう……。どうか……」

挿入をせがんできた。彼も味と匂いを堪能すると股間から顔を引き離し、入れ替わりに仰向けになった。

「どうか、その前にゆばりを……」

虎太郎が言って手を引くと、奈緒も素直に前進して彼の顔に跨がってきた。

完全にしゃがみ込むと、彼は下から股間に鼻と口を埋め、陰戸に吸い付いた。

「アア……、変な気持ち……」

奈緒も屋外を意識して声を震わせ、懸命に息を詰めて尿意を高めてくれた。

舐めていると味わいと温もりが変わり、

「あう、出る……」

彼女が呻くなり、チョロチョロと熱い流れがほとばしって口に注がれてきた。

虎太郎は受け止めて味わい、夢中で喉に流し込んだ。

斜面なので完全な仰向けと違い、飲み込むのも楽だった。それでも勢いが増すと、口から溢れて温かく頬を伝った。

味も匂いも淡く、あまり溜まっていなかったか、間もなく流れが治まった。

虎太郎は、ポタポタ滴る余りの雫をすすり、残り香の中で割れ目を隅々まで舐め回した。すぐにも大量の淫水で残尿が洗い流され、淡い酸味のヌメリが割れ目に満ちてきた。

「も、もう……」

高まり続けている奈緒が言って股間を引き離すと、移動して彼の股間に顔を寄せ、張り詰めた亀頭にしゃぶり付いていった。

五

「ああ……、気持ちいい……」

虎太郎はスッポリと根元まで奈緒に含まれ、幹を震わせて喘いだ。

彼女も熱い息で恥毛をくすぐり、幹を締め付けて吸い、執拗にクチュクチュと舌をからめてくれた。ズンズンと股間を突き上げると、

「ンン……」

喉の奥を突かれた奈緒が小さく呻き、たっぷりと唾液を出しながら顔を上下させ、スポスポと強烈な摩擦を繰り返してくれた。

やがて彼がすっかり高まると、射精の前に唾液にまみれさせた奈緒がスポンと口を引き離した。

そして身を起こして前進し、彼の股間に跨がってきた。

「いいですか、藩に戻ったら、もう上にはなりませんよ」

「ええ、それで構いません」

彼が答えると、奈緒は先端に割れ目を押し当て、息を詰めてゆっくりと膣口に肉棒を受け入れていった。

「アアッ……！」

ヌルヌルッと根元まで嵌め込むと、奈緒が股間を密着させて喘いだ。

虎太郎も肉襞の摩擦と締め付けに包まれながら、潤いと温もりを味わった。

かつて庭稽古《にわげいこ》を遠目に見ていただけの憧《あこが》れの女が、こうして当たり前のように交わってくれるようになったのだ。

彼は奈緒を抱き寄せ、乱れた襦袢の中に潜り込み、左右の乳首を交互に含んで舐め回した。

そして前歯でコリコリと乳首を愛撫すると、

「あう、もっと強く……」

奈緒がせがみ、彼は歯で刺激しながら乳首を味わい、顔中で張りのある膨らみを感じた。さらに腋の下にも鼻を埋め込み、湿った腋毛に籠もる濃厚に甘ったるい汗の匂いに噎せ返った。

「アア……」

奈緒が熱く喘ぎ、キュッキュッと締め付けていたが、やがて徐々に腰を動かしはじめた。

虎太郎は下から顔を引き寄せ、ピッタリと唇を重ね、舌をからめた。

「ンンッ……！」

奈緒も鼻を鳴らし、ネットリと舌を蠢かせながら吸い付いてきた。

虎太郎もズンズンと股間を突き上げはじめると、溢れる淫水ですぐにも動きが滑らかになり、クチュクチュと湿った摩擦音が聞こえてきた。

「ああ、いきそう……」

奈緒が口を離して喘いだ。興奮と渇きで、すっかり濃厚になった花粉臭の息で鼻腔を刺激され、彼も突き上げを強めていった。

「ね、思い切り顔に唾《つば》を吐いて下さい」

「そ、それもこれきりのことですよ……」

興奮に任せてせがむと、奈緒が答えた。やはり彼女も野外で開放的になっているのだろう。

彼女は懸命に唾液を分泌させると、形良い唇をすぼめて迫り、大きく息を吸い込んで止めるなり、ペッと強く吐きかけてくれた。

「ああ……」

虎太郎は湿り気あるかぐわしい吐息を顔中に受け、生温かな唾液の固まりを鼻筋にピチャッと感じて喘いだ。それはほのかな匂いを漂わせ、頬の丸みをトロリと伝い流れた。

「アア、こんなことさせるなんて……」

奈緒が収縮と潤いを増して喘ぎ、動きを速めてきた。

「ね、旦那《だんな》様、奈緒と呼んで……」

「ど、どうかそれは婚儀のあとの楽しみにして下さい、奈緒様……」

彼は気後《きおく》れするように答え、下から両手でしがみつきながら激しく股間を突き上げ続けた。

すると奈緒も諦《あきら》めたように快感に専念し、何度となく彼の顔中に唇を押しつけながら、次第に激しく身悶えていった。

「い、いく、気持ちいい……。アアーッ……！」

たちまち奈緒はガクガクと狂おしい痙攣を開始し、声を上ずらせて気を遣ってしまった。

その収縮の中、続いて虎太郎も絶頂に達し、

「く……！」

快感に呻きながら、熱い精汁をドクンドクンと勢いよく注入した。

「あう、感じる。もっと……！」

奥に熱い噴出を受けた奈緒は、駄目押しの快感に呻き、さらにキュッキュッときつく締め上げてきた。虎太郎は快感に包まれながら、心置きなく最後の一滴まで出し尽くしていった。

すっかり満足しながら動きを弱めていくと、急に鳥の声や木々の揺らぐ風の音が聞こえてきた。

「アア、良かった。すごく……」

奈緒も満足げに声を洩らし、肌の強ばりを解きながらグッタリと彼に身体を預けてきた。まだ膣内が名残惜しげに息づき、刺激された幹がヒクヒクと中で過敏に跳ね上がった。

「あう、もう堪忍……」

奈緒も敏感になっているように呻き、幹の震えを抑えるようにキュッときつく締め上げてきた。

虎太郎も完全に動きを止めて力を抜き、奈緒の吐き出す濃い花粉臭の吐息で鼻腔を満たしながら、うっとりと快感の余韻に浸り込んでいった。

やがて重なったまま呼吸を整えると、奈緒が脱いだ着物から懐紙《かいし》を取り出し、そろそろと股間を引き離しながら陰戸にあてがった。

そして割れ目を拭きながら移動すると、淫水と精汁にまみれた亀頭にしゃぶり付き、舌で綺麗にしてくれたのだった。

「く……。も、もういいです……」

虎太郎が腰をよじって呻くと、ヌメリを舐め取った奈緒は懐紙で一物を包んで優しく拭いてくれた。

陽も、だいぶ傾きかけている。

「さあ、行きましょうか」

「ええ、みんな待っていることでしょう」

二人は言って身を起こし、手早く身繕《みづくろ》いをして彼女は髪を整えた。

そして大小を帯びて斜面を下り、それぞれの馬に跨がった。馬たちも、早く帰りたくて仕方がなかったか、最初から飛ばして勢いよく駆けはじめた。

風を切って進むうち、すっかり見慣れた故郷の風景が迫り、二人は領内に戻ってきた。田畑を横切ると農民たちが頭を下げ、やがて二人は陣屋敷まで帰ってきたのだった。

待ちかねていたように門が開かれ、中に入るとすぐにも藩士たちが出てきて二人を迎えてくれた。

「お帰りなさい、奈緒様、三友殿」

一馬が言い、二人も馬から下りた。

若侍たちが二騎から荷を降ろすと厩《うまや》まで引いてゆき、屋敷から国家老の重兵衛も出てきた。

「ただいま戻りました、父上」

「おお、戻ったか、奈緒」

奈緒が言うと重兵衛が答え、虎太郎の方を見た。

「三友虎太郎、仔細《しさい》は聞いている。よろしく頼む」

重兵衛は、奈緒が婿《むこ》を取らず、嫁《か》すだけでも満足なように言った。

「こちらこそ、よろしくお願い致します」

「ああ、話は明日で良かろう。とにかく今日は休め」

重兵衛に言われ、奈緒は屋敷に入った。虎太郎が納屋の方へ戻ろうとすると、

「虎太郎、部屋は中だ」

重兵衛が言い、彼も屋敷へと入っていった。

どうやら今日から屋敷内に住めるようだ。出てゆくときと戻ったときと、すっかり虎太郎の住む世界が変わっていた。

虎太郎が与えられた部屋に入ると、すでに納屋にあった彼の私物はここに移されていた。どうやら命じられた一馬たちが納屋を片付けて、運んでおいてくれたのだろう。

とにかく虎太郎は大小を置いて旅装を解き、着替えると風呂に呼ばれた。

旅の汗を流し、部屋に戻ってしばし休息すると日が落ち、やがて虎太郎は夕餉の席へ行った。

すると、いつの間にか奈緒も着物姿で島田に結い、すっかり女らしくなって一同の中に座していた。

酒も出され、重兵衛も上機嫌で盃《さかずき》を傾けた。

一馬をはじめ江戸へ行った一同は土産話《みやげばなし》に花を咲かせ、負傷して途中で引き返したものもすでに傷は癒《い》えているようだった。

明日にも、死んだものに線香を上げに回る。

虎太郎は、自分を見つめている奈緒に目を遣り、軽く盃を捧げて飲み干したのだった。

コスミック・時代文庫

あかね淫《いん》法帖《ぽうちよう》
姫様お目見得

2022年10月25日　初版発行

【著 者】
睦《む》月《つき》影《かげ》郎《ろう》

【発行者】
相澤　晃

【発 行】
株式会社コスミック出版
〒154-0002 東京都世田谷区下馬 6-15-4
代表　TEL.03(5432)7081
営業　TEL.03(5432)7084
FAX.03(5432)7088
編集　TEL.03(5432)7086
FAX.03(5432)7090

【ホームページ】
http://www.cosmicpub.com/

【振替口座】
00110-8-611382

【印刷／製本】
中央精版印刷株式会社

乱丁・落丁本は、小社へ直接お送り下さい。郵送料小社負担にて
お取り替え致します。定価はカバーに表示してあります。

ISBN978-4-7747-6417-7 C0193